कलियुगी आँगन

आयुष कुमार सिंह

कलियुगी आँगन

घोषणा पत्र

यह पुस्तक एक काल्पनिक रचना है। इसमें वर्णित सभी पात्र, स्थान, घटनाएं, और संवाद लेखक की कल्पना का परिणाम हैं। यदि किसी जीवित या मृत व्यक्ति , समुदाय, संस्था , या स्थान से कोई समानता प्रतीत होती है, तो वह केवल एक संयोग मात्र है। लेखक का उद्देश्य किसी की भावना को आहत करना नहीं है।

आयुष कुमार सिंह

21/12/2025

नई दिल्ली

कलियुगी आँगन

कथासार

एक ही घर में पले दो बेटे एक सफल, दूसरा खामोश। दिल्ली के बदरपुर में बसे एक परिवार का आँगन, जहाँ सफलता की गलतियाँ माफ़ हैं, लेकिन भक्ति अपराध बन जाती है। छोटा बेटा अभिषेक शर्मा पूजा में शांति खोजता है, पर तुलना, तानों और उपेक्षा के बीच धीरे-धीरे टूटने लगता है। जब घर ही सहारा नहीं बनता, तो गलत लोग उसका फ़ायदा उठाते हैं और वह अंधेरे की ओर बढ़ जाता है। लेकिन माँ भवानी की कृपा और एक अनाथ लड़की काव्या जिसने उसके टूटते जीवन में नया रास्ता दिखाया, उसकी ज़िंदगी में उम्मीद और दिशा की किरण बन जाती है। कलियुगी आँगन आज के उस समाज का आईना है जहाँ गलत सही बन जाता है और सही को सज़ा मिलती है। यह उपन्यास पूछता है। क्या भक्ति कमजोरी है? या सहने की सबसे बड़ी ताक़त?

1: ख़ामोशी का बोझ

बदरपुर की वह गली सुबह से ही शोर में डूबी रहती थी। दूधवाले की साइकिल की घंटी, मंदिर से आती घंटियों की आवाज़ और घर-घर से उठती चाय की भाप। सब कुछ रोज़ जैसा ही था। लेकिन शर्मा परिवार के आँगन में हर सुबह एक जैसी नहीं होती थी।

आँगन छोटा था, मगर उसमें दो अलग-अलग दुनियाएँ बसती थीं।

एक कोने में अनिरुद्ध शर्मा खड़ा था। सफेद शर्ट, मोबाइल कान से लगाए, किसी दोस्त से हँसते हुए बात करता हुआ। उसकी हँसी में आत्मविश्वास था, जैसे दुनिया उसके लिए ही बनी हो । डॉक्टर बनने का सपना अब हक़ीक़त बन चुका था और माता-पिता की आँखों में वही सपना चमकता दिखाई देता था।

दूसरे कोने में, लगभग उसी उम्र का एक लड़का चुपचाप बैठा था। अभिषेक शर्मा। उसके हाथ में किताब थी, लेकिन आँखें शब्दों पर नहीं टिक रही थीं। आँगन के बीच लगे तुलसी के गमले के पास बैठकर वह

कुछ बुदबुदा रहा था। उसकी आवाज़ इतनी धीमी थी कि अगर कोई ध्यान न दे, तो लगे जैसे वह अपने आप से ही बात कर रहा हो।

"फिर शुरू हो गया।" माँ, सुनीता शर्मा, रसोई से निकलते ही बड़बड़ाईं। उन्होंने चाय की केतली ज़ोर से मेज़ पर रखी। "सुबह-सुबह ये सब करेगा तो दिन कैसे बनेगा? दोस्त नहीं हैं क्या तेरे? बस अपनी ही दुनिया में रहता है। देखो अनिरुद्ध को।"

"अरे छोड़ो ना उसे," पिता रमेश शर्मा ने अख़बार में से विज्ञापन वाला पन्ना फाड़ते हुए कहा, आँखें अख़बार पर टिकी हुईं। "बचपन से ही ऐसा ही है। ना खेलने-कूदने में दिलचस्पी, ना लोगों से मिलने में। तुम समझाओ, कहाँ मानता है?"

अभिषेक ने कुछ नहीं कहा। उसने सिर्फ़ किताब बंद की और धीरे से उठ खड़ा हुआ। बहस करना उसने कब का छोड़ दिया था। उसे पता था यहाँ हर जवाब ग़लत साबित किया जाएगा। माँ के ताने और पिता की वह निराशा, जो सीधे कहने के बजाय अख़बार के पन्नों की सरसराहट में छुपी रहती थी, अब उसे चुभते नहीं थे। वे सिर्फ़ एक पुराना, फटा हुआ कंबल बनकर रह गए थे, जिसमें ठंड तो लग ही जाती थी।

अनिरुद्ध ने फ़ोन काटते हुए हँसकर कहा, "पापा, आज हॉस्पिटल में बड़ा केस है। देर हो जाएगी।"

"कोई बात नहीं बेटा," रमेश शर्मा की आवाज़ में गर्व साफ़ झलक रहा था। अख़बार नीचे रखकर वे अनिरुद्ध की तरफ मुस्कुराते हुए देखने लगे। "तू आगे बढ़, घर हम संभाल लेंगे। ठीक से खाना खा लेना, वरना मम्मी चिंतित हो जाएंगी।"

अभिषेक यह सब सुन रहा था। 'हम संभाल लेंगे' यह 'हम' कितना छोटा था, और कितना विशाल। उसमें माँ-बाप और अनिरुद्ध तो शामिल थे, पर वह खुद कहीं बाहर था। हर शब्द उसके भीतर कहीं चुभ रहा था, लेकिन चेहरे पर कोई शिकन नहीं थी। जैसे उसे आदत हो गई हो—देखने की, सहने की, चुप रहने की। उसे याद नहीं था कि आख़िरी बार किसी ने उससे पूछा हो "तू कैसा है?"

उसके लिए आँगन अब सिर्फ़ एक जगह नहीं था, वह एक एहसास बन चुका था। जहाँ शोर बहुत था, लेकिन उसके हिस्से में सिर्फ़ ख़ामोशी आती थी।

दिनचर्या के अनुसार अभिषेक दिल्ली विश्वविद्यालय के लिए निकल गया। वो स्टीफन कॉलेज में अंग्रेजी ऑनर्स का छात्र था।

कॉलेज का लॉन चहल-पहल से भरा हुआ था। धूप में चमकती घास पर ग्रुप बने हुए थे। कोई गिटार बजा रहा था, कोई मोबाइल पर वीडियो दिखा रहा था, तो कोई ज़ोर-ज़ोर से हँस रहा था। अभिषेक उन ग्रुपों के बीच से गुज़रा, जैसे कोई पारदर्शी चीज़ हो। उसकी तरफ कभी किसी की नज़र नहीं ठहरी।

लेक्चर हॉल के बाहर, उसका सामना तीन लड़कों के एक ग्रुप से हुआ। वे दीवार के सहारे खड़े धूप सेंक रहे थे। उनमें से एक, जिसने सबसे चमकीली टी-शर्ट पहन रखी थी, ने अभिषेक को देखकर अपने दोस्तों की तरफ इशारा किया। फुसफुसाहट और मुस्कुराहटें। अभिषेक ने अपनी गति तेज़ करने की कोशिश की।

"अरे यार, अभिषेक!" चमकीली टी-शर्ट वाले लड़के ने आवाज़ लगाई। नाम लेना भी एक तरह का मज़ाक़ था, जैसे किसी नमूने को लैब में बुला रहे हों। "आजकल दिखते क्यों नहीं? कहाँ छुपे रहते हो?"

अभिषेक रुक गया। शायद, आज कोई बात हो जाए। "नहीं यहीं" उसने हल्के से कहा।

"सुनो," एक दूसरे लड़के ने आगे बढ़कर कहा, उसकी आँखों में एक शरारत थी। "शुक्रवार को रवि के हॉस्टल रूम में पार्टी है। बोतल-वोतल लगेगी। तू भी आ जा। तेरे जैसे सीरियस लोगों को भी मज़ा आएगा।"

तीसरा लड़का हँस पड़ा। "हाँ यार, तू तो लाइब्रेरी का चूहा बन गया है। थोड़ा फन भी कर ले। लड़कियाँ भी आ रही हैं। वो जो कॉमर्स वाली तुझे पता है ना? तेरे लिए बात करवा देंगे।"

अभिषेक का गला सूख गया। वह क्या कहता? कि उसे शोर और भीड़ से डर लगता है? कि वह नशे की बू बर्दाश्त नहीं कर पाता? कि लड़कियों के बारे में ऐसे तुच्छ ढंग से बात करना उसे गलत लगता है? उसकी भाषा इनकी भाषा नहीं थी। उसकी चुप्पी में जो सम्मान था, वे उसे कमज़ोरी समझते थे।

"नहीं मुझे नहीं आना है।" उसने आँखें नीची करते हुए कहा। "और लड़कियों के बारे में ऐसे मत बात करो।"

एक पल के लिए सन्नाटा छा गया। फिर तीनों एक साथ ठहाका मारकर हँस पड़े। चमकीली टी-शर्ट वाले लड़के ने अभिषेक के कंधे पर हाथ रखा, एक ऐसा स्पर्श जो आत्मीयता नहीं, तंज़ भरा था।

"अच्छा जी, बहुत अच्छा! संत जी ने फरमान सुना दिया! चलो यारों, इनसे बात करने का कोई फ़ायदा नहीं। ये तो हम अनैतिक लोगों के लायक ही नहीं हैं।"

हँसती-मज़ाक उड़ाती आवाज़ें दूर हो गईं। अभिषेक वहीं खड़ा रहा। किसी ने उसे रोका नहीं था, लेकिन उसके सामने एक दीवार खड़ी कर दी गई थी। वह जिस ईमानदारी और शालीनता को अपना सिद्धांत मानता था, वही यहाँ उसकी सबसे बड़ी बाधा बन गई थी। दोस्ती के लिए समझौता करना ज़रूरी था, और अभिषेक समझौता करना नहीं जानता था।

पूरा दिन उसने सबसे पीछे की बेंच पर बिताया। लेक्चर की आवाज़ एक धुंधले बादल की तरह उसके ऊपर से गुज़रती रही। उसकी नज़र खिड़की के बाहर पेड़ पर चहचहाती चिड़िया पर टिकी थी। वह भी अकेली थी, पर उसकी आवाज़ में कोई गुर्राहट नहीं थी।

शाम को घर लौटते वक्त उसने देखा, उसी गली में उसके बड़े भाई अनिरुद्ध की नई बाइक खड़ी थी। चमचमाती हुई, जैसे उसके मालिक की सफलता की कहानी कह रही हो। अनिरुद्ध इर्द-गिर्द इकट्ठे हुए पड़ोसी लड़कों के बीच खड़ा था, हाथों में हेलमेट लिए, किसी मजाक

पर ठहाका लगाते हुए। उसकी आवाज़ में एक ऐसा आत्मविश्वास था जो पत्थर की दीवारें भी तोड़ सकता था। वह जहाँ जाता, वहाँ जगह अपने आप बन जाती थी, पहले एक इंच, फिर एक फुट, फिर पूरा कमरा।

अभिषेक ने कुछ पल के लिए रुककर यह दृश्य देखा। एक क्षण के लिए उसके मन में ख्याल आया क्या हो अगर वह आगे बढ़कर कहे, "भैया, मुझे भी बाइक चलाना सिखा दो?" फिर उसने नज़र झुका ली। वह कल्पना ही नहीं कर सकता था कि उस मंडली के सामने वह अपनी यह इच्छा कैसे ज़ाहिर करता। उनकी नज़रों में वह हमेशा से ही 'अनिरुद्ध का छोटा, अजीब भाई' था।

घर के आँगन में कदम रखते ही उसकी माँ ने रसोई से आवाज़ लगाई, "इतनी देर कहाँ रहता है? अनिरुद्ध तो घंटों पहले आ गया। तू कभी समय पर आता है? कॉलेज के बाद यहाँ-वहाँ भटकता रहता है क्या?"

अभिषेक ने बस अपने जूते उतारे और अलमारी में रखे। जवाब देना व्यर्थ था। अगर वह कहता कि वह सीधे घर आया है, तो सवाल होता "तो इतनी देर कैसे लगी?" अगर कहता कि कहीं रुक गया था, तो सवाल होता "किसके साथ? क्या कर रहा था?"

रात के खाने पर, अनिरुद्ध अपने दिन के मुश्किल केस के बारे में बता रहा था। माँ-पिता उसकी बातों में पूरी तरह खोए हुए थे, चम्मच-काँटे रुक-रुक जाते थे। अभिषेक चुपचाप अपनी थाली साफ़ कर रहा था।

थोड़ी देर चुप्पी के बाद, उसकी माँ ने अचानक कहा, "अभिषेक, आज कॉलेज कैसा रहा? कुछ नया सीखा?"

यह सवाल इतनी बेमानी लगी कि अभिषेक का दिल एक बार फिर भारी हो गया। यह पूछताछ नहीं, एक औपचारिकता थी। उसका जवाब ज़रूरी नहीं था, बस सवाल पूछने का काम पूरा होना ज़रूरी था।

"ठीक था।" उसने एक शब्द में उत्तर दिया।

"बस 'ठीक था'?" पिता ने नाक सिकोड़ी, आँखें अभी भी अनिरुद्ध की तरफ थीं। "तुम लोगों की उम्र में हम दोस्तों के साथ घूमते, मस्ती करते थे। तुम्हारे पास बताने को कुछ होता ही नहीं। कभी कोई मज़ेदार बात होती है तुम्हारे साथ?"

अनिरुद्ध मुस्कुराया, एक तरह की सहानुभूति के साथ जो दया जैसी लगती थी। अभिषेक ने अपनी थाली में दाल के एक धब्बे को चम्मच से साफ़ किया। क्या वह बताता कि आज उस पर कैसे मज़ाक उड़ाया गया? कि उसने कैसे अपने सिद्धांतों के कारण खुद को और अलग-

थलग कर लिया? नहीं। यह सुनकर वे और चिंतित होते, और निराश। उन्हें लगता कि समस्या दुनिया में नहीं, उनके बेटे में है।

"नहीं" उसने फिर से एक शब्द कहा। "सब नॉर्मल ही था।"

उस रात, अपने कमरे में, अभिषेक ने डायरी खोली। पन्ने खाली थे। कलम उठाई, फिर रख दी। शब्द भी क्या कहते? वे तो बस उसी ख़ामोशी को दोहराते, जो अब उसकी सबसे पुरानी और एकमात्र साथी बन चुकी थी।

दरवाज़ा बंद था। बाहर, टीवी पर कोई धारावाहिक चल रहा था। अनिरुद्ध के फोन की घंटी बजी। माँ की हँसी सुनाई दी। एक जीवंत परिवार की सभी आवाज़ें मौजूद थीं। और भीतर, उसकी ख़ामोशी।

2: दोहरा मापदंड

कॉलेज से लौटते समय शाम ढल चुकी थी। सड़क पर चहल-पहल थी, बस स्टॉप पर छात्रों के समूह हँस-बोल रहे थे, चाय की दुकान पर जीवन की गर्माहट थी। पर अभिषेक के भीतर हमेशा की तरह एक अजीब-सी ख़ामोशी पसरी हुई थी, जैसे उसकी आत्मा और शरीर के बीच एक पारदर्शी दीवार खड़ी हो। वह बस पकड़ने ही वाला था कि सामने की सड़क पर उसकी नज़र ठहर गई।

अनिरुद्ध। उसका बड़ा भाई वही पहचान, वही बेफिक्री, जो घर की चारदीवारी में सिमटनी नहीं जानती थी। अनिरुद्ध एक लड़की के साथ खड़ा था। वह लड़की चमकीले कपड़ों में थी, उसके हाथ में कॉफी के दो कप थे। अनिरुद्ध हँसता हुआ, बेपरवाह, उसकी तरफ झुककर कुछ कह रहा था। फिर, जैसे कोई आदतन क्रिया हो, उसने जेब से सिगरेट का पैकेट निकाला, एक सिगरेट उंगलियों के बीच रखी और लाइटर की चटख के साथ उसे जलाया। धुआँ एक घूंघट की तरह उसके चेहरे के आसपास लहराया। लड़की ने नाक सिकोड़ी नहीं, बल्कि एक मुस्कुराहट बिखेर दी, जैसे यह सब उसके लिए कोई नई बात न हो।

अभिषेक वहीं रुक गया, एक ईमारत के साये में छिपकर। उस दृश्य में कोई चोरी-छिपा अपराध नहीं था। सब कुछ खुला, आत्मविश्वास से भरा हुआ, जैसे दुनिया उनके इस अधिकार को पहले ही स्वीकार कर चुकी हो। अनिरुद्ध का वह रूप, जो घर में 'समझदार बेटे' का मुखौटा पहने रहता था, यहाँ बिल्कुल नंगा था। और उस नंगेपन में भी एक तरह की शान थी।

वह कुछ पल तक देखता रहा। उसकी आँखों में न जलन थी, न गुस्सा बस एक सवाल था, जो हमेशा की तरह भीतर ही दब गया, एक काँटे की तरह चुभता हुआ। वह जानता था। यह कोई रहस्य नहीं था। घर में यह सब किसी से छुपा नहीं है। कभी अनिरुद्ध की जेब से सिगरेट का पैकेट गिरा था, तो माँ ने उसे उठाकर वापस दे दिया था, बस इतना कहा था "संभल कर रखा करो।" कभी वह रात को दो बजे घर लौटा था, तो पिता ने सिर्फ़ दरवाज़ा खोला था, कोई सवाल नहीं किया था। माँ-बाप को पता है कि अनिरुद्ध कैसा है। कभी सिगरेट, कभी दोस्तों के साथ देर रातें, कभी लड़कियों के साथ रिश्ते। लेकिन घर में इसे “आज के ज़माने की बात” कहकर टाल दिया जाता है। "लड़का है, थोड़ा-बहुत तो चलेगा ही।" यह वाक्य एक माफीनामा बन चुका था।

अभिषेक ने नज़र फेर ली और बस में चढ़ गया। शीशे से परावर्तित होते हुए, वह दृश्य धुंधला होता चला गया, पर उसका सवाल साफ़ होता गया। वह कुछ बोल सकता था। चाहता तो सवाल उठा सकता था "क्यों?" पर उसने कभी नहीं उठाया न आज, न पहले। क्योंकि उसने सीख लिया था कि कुछ सवाल सिर्फ़ रिश्तों को और चुप करा देते हैं, उत्तरों को नहीं। और जहाँ उत्तर ही नहीं हैं, वहाँ सवालों का क्या मोल?

घर पहुँचा तो वही रोज़मर्रा का दृश्य था। अनिरुद्ध पहले ही पहुँच चुका था, सोफे पर आराम से लेटा हुआ, मोबाइल पर किसी से बात कर रहा था। माँ रसोई से निकलीं, उनकी नज़र सीधे अनिरुद्ध पर गई। "थक गया होगा, कुछ खा ले। गरम दूध रखा है।" उनकी आवाज़ में वही चिंता थी, वही लाड़। अभिषेक ने धीरे से "मैं आ गया" कहा, पर उसकी आवाज़ शायद पंखे की आवाज़ में दब गई। कोई जवाब नहीं आया। वह चुपचाप अपने कमरे में चला गया।

कमरे में प्रवेश करते ही एक स्थिर शांति थी। उसने किताबें मेज़ पर रखीं, और अलमारी के ऊपर रखा दीपक उठा लिया। यह दीपक पिताजी के पुराने कार्यालय से लाया हुआ था। पीतल का, सादा, पर उसकी चमक में एक पुरानी गरिमा थी। उसने माचिस की तीली जलाई

और दीपक की बत्ती को स्पर्श किया। एक छोटी सी लौ ने जन्म लिया, हिलती हुई, फिर स्थिर होकर चमकने लगी।

कमरे में हल्की-सी रोशनी फैल गई, जो दीवारों पर नाचती हुई परछाइयाँ बनाने लगी। अभिषेक ने मेज़ पर रखी माँ भवानी की छोटी सी तस्वीर के सामने बैठकर, आँखें बंद कीं। फिर धीरे-धीरे, आरती शुरू की।

शब्द उसके होंठों से निकल रहे थे, एक लय में, एक विश्वास के साथ। पर मन कहीं और था। मन उस सड़क पर था, उस सिगरेट की चमकती राख पर, उस बेफिक्र हँसी पर जो उसकी अपनी हँसी कभी नहीं बन पाई थी। आरती के शब्द और मन के विचार दो समानांतर नदियाँ बह रहे थे, जो कभी नहीं मिलतीं।

उसने किसी की शिकायत नहीं की। न भाई की, न माँ-बाप की। उसके भीतर की पीड़ा कभी दोषारोपण नहीं बनी। बस मन ही मन, आरती के छंदों के बीच, इतना कहा।

"माँ, अगर सही होना ही इस जग में सबसे बड़ी भूल कहलाए,

तो उस भूल को अपनाने की मुझे अडिग शक्ति देना माँ।

अगर संयम का पथ चुनना लोगों की भीड़ में भी अकेले रह जाना हो,

तो उस अकेलेपन में मेरा हाथ थामे रखना माँ।

हे माँ, तेरे सिवा मेरा अब इस संसार में कोई नहीं,

न कोई राह दिखाने वाला, न कोई दुःख बाँटने वाला।

तू ही मेरी पहली पुकार है और तू ही आख़िरी सहारा माँ।

जब शब्द साथ छोड़ दें, जब अपने भी पराए हो जाएँ,

तब मेरी साँसों में तेरा नाम बना रहे।

मैय्या, तुमसे जुड़ी यह प्रीति किसी शर्त की मोहताज नहीं,

यह तो जीव की आत्मा का ईश्वर से किया हुआ प्रण है।

अगर संसार मुझे ठुकराए, तो मुझे शिकायत नहीं माँ,

बस इतना वरदान देना कि मैं तुझसे कभी विमुख न होऊँ।

सही के लिए लड़ने की हिम्मत भी तू देना,

और हारने पर भी तेरे चरणों में सिर रखने का धैर्य भी तू ही देना माँ।

क्योंकि हे माँ तेरे सिवा मेरा कोई नहीं,

और तेरी गोद के सिवा मेरे लिए कोई विश्राम नहीं।"

आरती खत्म हुई। दीपक की लौ अब भी स्थिर थी, जैसे उसकी प्रार्थना ने उसे और प्रज्वलित कर दिया हो। बाहर, घर में बातें चल रही थीं। अनिरुद्ध का फोन, माँ की हँसी, टीवी की आवाज़। और भीतर एक लड़का, अपनी शर्तों पर जीने की कोशिश करते हुए, फिर से ख़ामोशी के साथ जीना सीख रहा था।

वह जानता था कि दुनिया का यह दोहरा मापदंड कोई नई बात नहीं है। अगर अभिषेक माथे पर चंदन का तिलक लगाकर, हाथ में पुस्तकें लिए घर से बाहर निकल जाए, तो लोगों की भौंहें तन जाती हैं। पड़ोस की आंटियाँ चुपके से फुसफुसाने लगती हैं "इतना बड़ा हो गया, अब भी यह सब करता है?" माँ-बाप को डर सताने लगता है "लोग क्या कहेंगे?" अगर वह शाम को आरती कर ले, तो उसे समझाया जाता है

"ज़्यादा मत कर, पढ़ाई से भटक जाएगा। इतना धार्मिक होने की क्या ज़रूरत है? आज के ज़माने में ये सब ठीक नहीं लगता।"

लेकिन वही समाज, वही माँ-बाप, वही पड़ोस जब अनिरुद्ध को सिगरेट के छल्ले उड़ाते देखते हैं, जब वह अलग-अलग लड़कियों के साथ हँसते-घूमते दिखाई देता है, तो बस मुस्कुरा कर कहते हैं "लड़का है जवानी है चलता है। और रही बात लड़कियों की तो ऑफिस में काम करेगा तो बात तो करेगा ही।" एक तरफ़ नशा आधुनिकता और तथाकथित 'कूल' होने का प्रतीक बन जाता है। दूसरी तरफ़ संयम पिछड़ेपन, दकियानूसी सोच का तमगा। भक्ति से लोगों को डर लगता है, जैसे वह किसी अज्ञात ख़तरे का संकेत हो। पर भटकाव से नहीं वह तो 'जीवन का अनुभव' है।

यहाँ समस्या गलत और सही की नहीं है। समस्या पसंद की है, भीड़ की पसंद की। जो भीड़ जैसा है, जो बहाव में बहता है, वह सही है। और जो अलग है, जो अपनी धारा खुद बनाना चाहता है। वही सवाल बन जाता है, शक की नज़र से देखा जाता है।

अभिषेक ने दीपक बुझाया नहीं। उसे जलता हुआ छोड़ दिया। उसकी रोशनी कमरे को थोड़ा और गरमाहट दे रही थी। उसने सोचा उससे

कभी किसी ने यह नहीं पूछा कि वह चुप क्यों रहता है। उसकी ख़ामोशी के पीछे का दर्द क्या है। सबने बस यही पूछा "इतना पूजा-पाठ क्यों करता है?" जैसे उसकी आस्था एक बीमारी हो, जिसका इलाज खोजना ज़रूरी है।

उस रात, जब पूरा घर सो चुका था, अभिषेक ने अपनी डायरी खोली। पिछले पन्ने पर उसने लिखा था। "क्यों?" आज उसने नीचे एक वाक्य जोड़ा "शायद इसलिए कि सवालों के जवाब, उत्तरों में नहीं, हमारे सहने की शक्ति में छिपे होते हैं।"

दीपक की लौ अब भी टिमटिमा रही थी। बाहर, चाँदनी फर्श पर फैली हुई थी। और दो भाइयों के बीच की वह अनकही दूरी, एक ऐसा सच बन चुकी थी जिसे सभी जानते थे, पर किसी ने कभी स्वीकार नहीं किया।

3 : सहारे का भ्रम

आज मोहल्ले में एक नया किरायेदार आया है। उत्तर प्रदेश से इटावा का रहने वाला। नाम था कैलाश यादव। वह तीसरे मकान की पहली मंजिल पर रहने आया था, ठीक शर्मा परिवार के घर के सामने वाली गली में।

शुरुआत में वह बाकी लोगों से अलग लगा। चाल-चलन में एक सादगी थी, नज़रों में अतिरिक्त उत्सुकता नहीं। ना ज़्यादा पूछताछ, ना तंज, ना दिखावटी दोस्ती की जल्दबाजी। वह अपने काम से काम रखता, शाम को छत पर अकेले बैठकर चाय पीता।

अभिषेक जब भी सामने से निकलता कॉलेज जाते या लौटते वह हल्की-सी मुस्कान के साथ, बिना किसी दबाव के पूछ लेता "कॉलेज कैसा चल रहा है, बेटा?" उसकी आवाज़ में एक सहज स्नेह था, जैसे कोई पुराना रिश्तेदार पूछ रहा हो।

धीरे-धीरे, ये मुठभेड़ें बातचीत में बदलने लगीं। कभी छत पर, जब अभिषेक किताब लेकर बैठ जाता और कैलाश अपनी चाय का प्याला

लिए आ जाता। कभी गली के मोड़ पर, शाम के धुंधलके में। कैलाश उसकी चुप्पी से नहीं घबराता था। वह उसे बोलने के लिए मजबूर नहीं करता था, न ही उसकी शांति को 'अजीब' बताता था। बस सुनता था। जब अभिषेक कभी दो-चार वाक्य बोल पाता।

एक दिन अभिषेक ने हिम्मत करके पूछा, "काका, आप यहाँ अकेले रहते हैं? परिवार नहीं है?"

कैलाश ने चाय की चुस्की लेते हुए कहा, "परिवार तो है बेटा, इटावा में। बेटा एमबीए कर रहा है दिल्ली में। मैं यहाँ नौकरी के सिलसिले में आया हूँ। तेरी उम्र का ही है मेरा लड़का पर तू मुझे यहां सबसे अलग लगा।"

"अलग?"अभिषेक की आवाज़ में संकोच था।

"हाँ। तेरे चेहरे पर एक गंभीरता है। आजकल के लड़कों में ऐसा कम दिखता है।"

उस पल अभिषेक को पहली बार लगा कि कोई है जो बिना तुलना किए, बिना उस पर 'सुधार' का दबाव डाले, उसे देख रहा है। उसकी चुप्पी को समस्या नहीं, उसका व्यक्तित्व मान रहा है। यह एहसास

एक हल्की-सी गर्मी की तरह था, जो उसके अकेलेपन की सर्दी में गर्माहट देती थी।

फिर एक दिन ऐसा आया जब परिवार को दूर रिश्तेदारी की शादी में जाना पड़ा। पूरा परिवार गया अनिरुद्ध भी, अभिषेक भी। शादी का माहौल चमक-दमक, हँसी और शोर से भरा था। लोगों के ऊँचे स्वर और गहनों की चमक सब कुछ एक सामाजिक प्रदर्शनी जैसा लग रहा था।

अनिरुद्ध जैसे ही पहुँचा, मानो बाज़ार में कोई लोकप्रिय सामान आ गया हो। रिश्तेदारों, परिचितों के घेरे ने उसे चारों ओर से घेर लिया।

"अरे, डॉक्टर साहब आ गए!"

"वाह!बड़ा होनहार लड़का है तुम्हारा। इलाज करके नाम कमा रहा है।"

"भविष्य तो उज्ज्वल है ही। अब जल्दी ही ब्याह का इंतज़ार है!"

माँ सुनीता के चेहरे पर एक ऐसा गर्व था जो उनकी आँखों से झलक रहा था। पिता रमेश की छाती चौड़ी हो गई थी, जैसे वह स्वयं उस सफलता के सिंहासन पर बैठे हों। अभिषेक एक कोने में खड़ा था,

प्लास्टिक के फूलों से सजे एक खंभे के पास, जैसे वह दृश्य का हिस्सा नहीं बल्कि सजावट का एक टुकड़ा हो।

किसी ने उसे देखा। बुआ जी, जिनकी नज़र हमेशा दूसरों के जीवन में खामियाँ ढूँढ़ती रहती थी, बोलीं "ये भी बड़ा हो गया है न? पर कुछ करेगा भी या ऐसे ही पूजा-पाठ में ही रह जाएगा?"

आगे कुछ और रिश्तेदारों ने, मुस्कुराते हुए आग में घी डालना शुरू कर दिया।

"अकेला-अकेला घूमता रहता है।"

"ज़्यादा पूजा-पाठ करता है, इसलिए ऐसा है। दिमाग़ पर ज़ोर पड़ता है ऐसी चीज़ों से।"

"आजकल के ज़माने में ऐसे लोग पीछे रह जाते हैं। दुनिया से कट जाते हैं।"

माँ चुप रहीं, मानो सहमति में सिर हिला रही हों। पिता ने नज़र फेर ली, जैसे यह बातचीत उनके लिए अनचाही हो। अभिषेक ने अपनी उँगलियाँ मोड़ लीं। उन शब्दों ने उसे घेर लिया था, जैसे काँटों की एक

दीवार। वहीं से ये बातें, ये धारणाएँ, घर तक पहुँचीं। और फिर वह दिन आया।

रात के खाने के बाद, पिता ने गंभीर स्वर में कहा, "अभिषेक, कल से ये पूजा-वूजा कम कर दो। दिन में दस बार आरती, तिलक-टीका लोग बातें बनाते हैं।"

माँ ने समर्थन में कहा, "हाँ बेटा, तेरी उम्र में पढ़ाई पर ध्यान देना चाहिए। इतना धार्मिक होने से लोग डर जाते हैं। तेरे दोस्त भी नहीं बन पाते।"

अनिरुद्ध ने मुँह बनाया, "होता है यार, लोगों की नज़र में अजीब लगता है।"

पूजा अब सवाल बन गई। आरती समस्या बन गई। तिलक शर्मिंदगी का प्रतीक बन गया। "अब ये सब बंद करो," कह दिया गया। यह एक आदेश था, चर्चा नहीं।

उस दिन अभिषेक ने कुछ नहीं कहा। वह कमरे में गया, अपनी डायरी खोली, और बस खाली पन्ने को देखता रहा। उसके भीतर कुछ टूट गया था। वह आस्था का छोटा सा कोना, जहाँ वह स्वयं से मिल पाता

था, अब उस पर भी प्रतिबंध लग गया था। वह और अकेला हो गया, क्योंकि अब उसकी अपनी ख़ामोशी में भी स्वतंत्रता नहीं थी।

कुछ दिनों बाद अनिरुद्ध ने उसे समझाने की कोशिश की, एक 'बड़े भाई' के रूप में। वह उसके कमरे में आया, जो एक दुर्लभ घटना थी।

"सुन,अभिषेक," उसने कहा, दरवाज़े के पास खड़े होकर। "थोड़ा हमारे जैसा बन जा। मतलब ढीला हो जा।"

अभिषेक ने उसकी तरफ देखा, समझ नहीं पा रहा था।

"दोस्त बना,मज़े कर। कभी मूवी चलें, कभी पार्टी कर। इतना सीधा-साधा, इतना गंभीर रहेगा तो लोग तुझे खा जाएंगे। दुनिया ऐसे ही चलती है।"

अभिषेक सुनता रहा। वह उस रास्ते पर जाना नहीं चाहता था जहाँ झूठी हँसी, दिखावटी दोस्ती और अपने सिद्धांतों से समझौता ज़रूरी हो। पर वह यह भी जानता था कि अकेलापन वह भी ऐसा अकेलापन जिसमें तुम्हारे अपने ही तुम्हारे विरोधी हों इंसान को धीरे-धीरे खोखला कर देता है। थका देता है।

और तभी, जैसे कोई संकेत हो, कैलाश यादव ने अगले दिन उससे फिर बात की। इस बार और ज़्यादा अपनापन था, और ज़्यादा गहराई।

"तुझे देखकर लगता है जैसे कुछ तकलीफ़ है," कैलाश ने कहा, उसकी आँखों में एक चिंता की झलक थी। "तू बात नहीं करता, पर तेरी आँखें बोलती हैं।"

अभिषेक ने सिर झुका लिया। "कोई बात नहीं।"

कैलाश ने उसके कंधे पर हाथ रखा। "मैं हूँ ना। तुझे समझता हूँ। जब भी दिल भारी हो, आ जाया करो। तेरे जैसे संस्कारी लड़के तो आजकल दिखते ही नहीं।"

उस पल अभिषेक को लगा शायद यही सहारा है। शायद यह एकमात्र व्यक्ति है जो उसे बिना शर्त स्वीकार करता है। उसकी चुप्पी, उसकी आस्था, उसका अकेलापन सब। उसने एक झिझकती हुई मुस्कान दी।

उसे नहीं पता था कि हर मुस्कान सच नहीं होती। हर सुनने वाला सहानुभूति नहीं रखता। और हर 'अपना' कहने वाला वास्तव में अपना नहीं होता। कभी-कभी सहारे की तलाश में, इंसान उन हाथों को पकड़ लेता है जो उसे गहरी खाई में धकेलने के लिए ही बढ़ाए गए होते हैं।

कैलाश यादव की आँखों की गहराई में जो चिंता दिख रही थी, वह

शायद सहानुभूति नहीं, एक योजना की शुरुआत थी। पर अभिषेक, अपने विश्वास और अकेलेपन की प्यास में, उस अँधेरे को नहीं देख पाया।

4: जाल

अभिषेक अब पहले जैसा नहीं रहा था। पूजा छूट चुकी थी। वह दीपक जो रोज़ शाम जलता था, अब अलमारी के पीछे धूल खा रहा था। माँ भवानी की तस्वीर पर लाल कपड़ा पड़ा था, जैसे किसी का मुँह ढँक दिया गया हो। घर में सवाल बढ़ चुके थे "अब तो पूजा भी छोड़ दी, फिर भी चेहरे पर उदासी क्यों?" और भीतर एक खालीपन लगातार गहराता जा रहा था, जैसे कोई कुँआ जिसमें पत्थर फेंके जा रहे हों, पर पानी कभी नहीं आता।

कैलाश यादव, यह सब देख रहा था। वह जानता था कि कब चुप रहना है, कब सहानुभूति दिखानी है, और कब बातों से मन को इतना तोड़ देना है कि वह अपने हाथों में मोम की तरह नरम हो जाए। वह अब अभिषेक के लिए "कैलाश चाचा" बन चुका था।

"ज़िंदगी ऐसे नहीं चलती, बेटा," वह धीरे-धीरे कहता, अभिषेक को अपने कमरे में बुलाकर। उसका कमरा सादा था, पर एक कोने में शराब की खाली बोतलें दिख जाती थीं। "तू दुनिया से कटा रहता है।

थोड़ा खुलना पड़ता है वरना यही दुनिया तुझे कुचल देगी। तेरे जैसे भले लोगों को ही ठोकरें खानी पड़ती हैं।"

अभिषेक उसकी बातों से पूरी तरह सहमत नहीं होता था। उसका अंतर्मन चिल्लाता था कि यह गलत है, कि यह वह रास्ता नहीं जिस पर उसे चलना चाहिए। पर अब विरोध करने की ताक़त भी नहीं बची थी। घर में उसकी आवाज़ कभी सुनी ही नहीं गई, और बाहर उसने कभी आवाज़ उठानी ही नहीं सीखी। वह एक लटकता हुआ पेंडुलम बन गया था। न आगे जाने का साहस, न पीछे लौटने का रास्ता।

एक शाम, जब घर में सब अनिरुद्ध की शादी की तैयारियों में व्यस्त थे, अभिषेक कैलाश के कमरे में था। हवा भारी थी, और मन भारी। कैलाश ने एक छोटी सी बोतल निकाली, दो गिलास रखे।

"लो,थोड़ी राहत मिलेगी," उसने कहा, आवाज़ में एक अजीब सी मिठास।

"मैं नहीं" अभिषेक ने हिचकिचाते हुए कहा।

"अरे,एक बार तो आज़माओ। ज़िंदगी में सब कुछ एक बार तो ट्राई करना चाहिए।"

उस पल, अपने सारे संस्कारों, अपनी सारी आस्था के विरुद्ध, अभिषेक ने पहली बार वह चीज़ थामी जिससे वह हमेशा दूर रहा था। गिलास के किनारे पर उसकी उँगलियाँ काँप रही थीं। उसने आँखें बंद की और एक घूँट लिया। जलन फिर एक गर्माहट फिर एक धुंधलापन।

उस पल उसे लगा कि शायद दर्द कुछ देर के लिए सुन्न हो गया है। भीतर का खालीपन भरने का यह झूठा एहसास था। जैसे किसी गहरे घाव पर सिर्फ़ बर्फ रख दी गई हो। वह सच्चाई से भाग रहा था, और यह उसकी भागने की पहली गति थी।

कैलाश यादव पास ही खड़ा था। उसकी आँखों में चिंता नहीं थी। सिर्फ़ एक अजीब-सी संतुष्टि थी, जैसे कोई शिकारी देख रहा हो कि उसका शिकार धीरे-धीरे जाल में फँस रहा है। उसकी मुस्कान के पीछे एक गणना चल रही थी।

अभिषेक की हालत बिगड़ती जा रही थी। कॉलेज में उसकी उपस्थिति कम होने लगी। आँखों के नीचे काले घेरे गहरे होते जा रहे थे। और वही हालत वही कमज़ोरी, वही असहायता कैलाश यादव के लिए फ़ायदा बनती जा रही थी।

वह उसे अपने पास बुलाता, "बेटा, यह थोड़ा काम कर दो।" कभी कोई पर्चा बैंक में जमा कराना, कभी कोई पार्सल लाना, कभी रात में दुकान से सिगरेट-शराब मँगवाना। और फिर एहसान जताता, "देखो, मैं ही हूँ जो तुझे समझता है। तेरे घर वाले तो तुझे पूछते भी नहीं।"

अभिषेक समझ नहीं पा रहा था कि यह सहारा है या शोषण। उसकी भावनाएँ उलझी हुई थीं। एक तरफ़ वह ग्लानि से भरा था। उसने शराब पी थी, वह झूठ बोल रहा था, वह अपने सिद्धांतों से गिर चुका था। दूसरी तरफ़, कैलाश की संगत ही अब उसकी एकमात्र शरण थी। पर शायद वह यह नहीं देख पा रहा था कि यह शरण एक और पिंजरा थी और भी मज़बूत, और भी अंधेरा।

अगली सुबह घर में कुछ अलग-सी हलचल थी। सामान्य दिनों की उदासीनता गायब थी। माँ सुनीता की आवाज़ ज़रा ऊँची थी, फोन पर बार-बार बातें हो रही थीं। उनकी आवाज़ में एक ऐसी प्रफुल्लता थी जो सालों से गायब थी।

हँसी थी, वह हल्की, खिलखिलाती हँसी जो अभिषेक ने बहुत समय से अपनी माँ में नहीं सुनी थी। वह हँसी दीवारों से टकराकर पूरे घर में गूँज रही थी।

दोपहर तक, उसे पता चल गया अनिरुद्ध की शादी तय हो गई है। लव मैरिज। लड़की का नाम था तान्या। वह वी.एम.एम.सी दिल्ली से एमएससी कर चुकी थी और अनिरुद्ध के साथ ही उसके अस्पताल में काम करती थी। एक अच्छे परिवार से थी। फोटो घर में घूम रही थी। एक सुन्दर लड़की, आत्मविश्वास से भरी हुई, अनिरुद्ध के साथ हँसती हुई।

घर में मिठाई आई। पड़ोसियों, रिश्तेदारों के फोन आने लगे। बधाइयाँ बँटने लगीं। "बहुत बढ़िया जोड़ी है!" "अनिरुद्ध तो हमेशा से ही स्मार्ट था!" "तुम्हारी मेहनत रंग लाई!"

किसी ने नहीं पूछा कि अभिषेक कैसा है। नाश्ते की टेबल पर जब वह चुपचाप बैठा था, तो बातचीत का विषय हमेशा अनिरुद्ध और तान्या ही थी। किसी ने यह भी नहीं सोचा कि जिस घर में एक बेटे की शादी तय हो रही है, उसी छत के नीचे दूसरा बेटा चुपचाप टूट रहा है। अपनी पहचान खो रहा है, अपने विश्वासों से विमुख हो रहा है, और एक ऐसे व्यक्ति के चंगुल में फँस रहा है जिसकी मंशा पर सवाल तक नहीं उठाया गया।

अभिषेक कमरे में खड़ा रहा। दरवाज़ा थोड़ा सा खुला था, और बाहर का शोर अंदर आ रहा था। मिठाई बाँटने की आवाज़ें, बधाइयों के शब्द, हँसी। उसने खिड़की से बाहर देखा। आँगन में पिता पड़ोसियों से बात कर रहे थे, चेहरे पर विजय का भाव। माँ फोन पर किसी रिश्तेदार को विवाह की तारीख बता रही थीं।

वह मुड़ा और अपने बिस्तर पर बैठ गया। उसके सामने अलमारी का वह कोना था जहाँ दीपक और तस्वीर रखी थीं। उसकी आँखों में पानी नहीं था। एक सूखी, थकी हुई निराशा थी। खुशी के शोर में, उसकी ख़ामोशी फिर दब गई। उसकी पीड़ा अनसुनी रह गई। और उसी पल उसे एहसास हुआ। शायद उसकी ख़ामोशी ही उसकी सबसे बड़ी दुश्मन थी। पर अब आवाज़ उठाने का साहस कहाँ था? वह तो उस साहस को, उस आत्मा को, किसी अँधेरी गली में कैलाश यादव के कमरे में ही भूल आया था।

5: पतन से प्रबोधन तक

अनिरुद्ध की शादी हो चुकी थी, और तान्या अब इस घर की बहू बनकर रहने लगी थी। वह आधुनिक सोच वाली, पढ़ी-लिखी लड़की थी, जिसे अपने अधिकारों का पूरा एहसास था। शुरू में उसने अभिषेक के प्रति एक सहज सद्भाव रखा था। वह उसकी शांत प्रकृति से प्रभावित लगती थी। पर जल्द ही उसने घर का माहौल समझ लिया। उसने देखा कि अभिषेक अब पहले जैसा नहीं रहा उसकी आँखों में वह स्पष्टता गायब थी, कभी-कभी शाम को वह अस्थिर होकर लौटता, कपड़ों से अजीब सी गंध आती।

तान्या को यह सब पसंद नहीं था। एक दिन जब अभिषेक देर रात लड़खड़ाते हुए घर लौटा, तान्या ने रसोई में खड़े-खड़े माँ सुनीता से कहा, "माँ, अभिषेक को देखो गलत कर रहा है। हमारे घर में ऐसा नहीं चलना चाहिए।"

माँ ने आँखें नीची कर लीं, "बेटा, तू नयी हो, समझ नहीं पाएगी। लड़का है, थोड़ा-बहुत।"

"नहीं माँ, यह 'थोड़ा-बहुत' नहीं है," तान्या ने दृढ़ता से कहा, "यह तो नशा है। और मैं इस घर में ऐसा नहीं होने दूँगी।"

इस बीच, अभिषेक के जीवन में अंधेरा और गहरा हो रहा था। चौथे सेमेस्टर के नतीजे आए। वह दो विषयों में फेल हो गया था। जब उसने यह बात घर में बताई, तो पिता का गुस्सा फूट पड़ा, "हमारे घर में पहली बार किसी ने फेल होना है! तुम्हारे भाई ने तो हमेशा टॉप किया!"

तान्या ने ठंडे स्वर में कहा, "अब समझ आ रहा है कि क्यों फेल हुआ। पूरी रात कहाँ-कहाँ भटकता रहता है।"

उस रात का दृश्य अभिषेक के मन में हमेशा के लिए अंकित हो गया। वह नशे की हालत में घर लौटा था। रसोई में तान्या खाना बना रही थी। अभिषेक ने लड़खड़ाते कदमों से अंदर प्रवेश किया और टेबल पर बैठ गया। तान्या ने उसकी ओर देखा, नाक सिकोड़ी, और खाना परोसने के बजाय पलट कर कहा, "जब तक होश में नहीं आ जाते, खाना नहीं मिलेगा।"

अभिषेक ने कुछ अस्पष्ट शब्द कहे, और तभी उसका संतुलन बिगड़ा। वह आगे की ओर लड़खड़ाया और तान्या के पास गिर पड़ा। यह दुर्घटनावश था, पर तान्या के लिए यह सीमा का उल्लंघन था।

"छू मत मुझे!" वह चीखी, "अनिरुद्ध! देखो तुम्हारा भाई क्या कर रहा है!"

अनिरुद्ध दौड़ा आया। उसने अभिषेक को खींचकर उठाया। माता-पिता भी आ गए। तान्या के आँसू और आरोपों ने पूरे माहौल को विषाक्त कर दिया।

"मैं इस घर में ऐसे व्यवहार की इजाजत नहीं दूँगी!" तान्या रो रही थी।

अनिरुद्ध ने गुस्से में अभिषेक को घसीटते हुए बाहर निकाला, "बाहर निकल! जब तक सीधा नहीं हो जाता, घर में कदम मत रखना! रात भर बाहर रहकर अकल ठिकाने आएगी!"

दरवाज़ा बंद हुआ। अभिषेक सड़क पर खड़ा था। नशे की हालत में, पर उस पल का अपमान और तिरस्कार उसे चुभ रहा था। वह भले ही नशे में था, पर वह ऐसा व्यक्ति नहीं था जो स्त्रियों के प्रति अनुचित दृष्टि रखता हो। उसका मन चीख रहा था कि यह सब गलतफहमी है, पर उसकी ज़ुबान नशे के कारण लड़खड़ा रही थी।

रात की ठंडी हवा ने धीरे-धीरे उसे होश में लाना शुरू किया। वह कहीं जाने लायक नहीं था। तभी उसे कैलाश यादव की याद आई।

कैलाश ने दरवाज़ा खोला और उसे अंदर खींच लिया, "अरे-अरे, यह क्या हालत है बेटा?"

अगले दिन, कैलाश ने उसे समझाया, "देखो, तेरे घर वाले तुझे समझते नहीं। चल, मैं तेरे लिए दिल्ली यूनिवर्सिटी के पास हॉस्टल में कमरा ढूँढवा देता हूँ। वहाँ अच्छे टीचर्स के साथ तू पढ़ाई कर सकता है।"

अभिषेक की हालत ऐसी थी कि वह किसी भी सहारे को पकड़ने को तैयार था। उसने हामी भर दी। पर वह नहीं जानता था कि कैलाश के पीछे तीन और आकृतियाँ थीं। इमरान, अमन और साहिल। ये कैलाश के वास्तविक साथी थे, जो मानव तस्करी और अन्य अवैध कार्यों में लिप्त थे।

जब कैलाश अभिषेक को लेकर चला, तो वह सीधे दिल्ली यूनिवर्सिटी नहीं, बल्कि एक सुनसान इलाके की एक बंद फैक्ट्री में ले गया। वहाँ इमरान, अमन और साहिल मौजूद थे।

"यह लो, नया सामान," कैलाश ने कहा।

अभिषेक की आँखें भय से फैल गईं। उसे समझ आ गया कि उसे धोखा दिया गया है। उसने विरोध करने की कोशिश की, पर चारों ने मिलकर उसे बाँध दिया। अगले कुछ घंटे नरक के समान थे। उसे डराया-धमकाया गया, उस पर अत्याचार किए गए। उसके मन में एक ही विचार कौंध रहा था "मुझे बेच दिया जाएगा।"

पर अभिषेक के भीतर का संघर्ष करने वाला व्यक्ति अभी मरा नहीं था। आधी रात को, जब सभी सो रहे थे, उसने अपने बंधन ढीले किए और खिड़की से कूद पड़ा। वह बिना जूतों के, आधे कपड़ों में भाग रहा था। पीछे से आवाज़ें आ रही थीं, "रुक! पकड़ो उसे!"

वह एक सूनी सड़क पर भागता हुआ, एक मंदिर के सामने जा पहुँचा। स्वामी चैतन्य दास, जो प्रातःकाल की आरती के लिए उठे थे, ने उसे देखा। अभिषेक की हालत देखकर उनकी आँखों में चिंता और करुणा दोनों थीं।

"बचाओ मुझे।" अभिषेक की आवाज़ में गुहार थी।

स्वामी जी ने उसे अपने आश्रम 'अम्बा चेतना आश्रम' में ले लिया। तभी अमन और साहिल वहाँ आ पहुँचे, पर जब उन्होंने स्वामी चैतन्य दास को देखा, तो वे डरकर भाग गए।

आश्रम में, अभिषेक ने अपनी पूरी कहानी सुनाई। स्वामी जी ने उसे आश्वासन दिया, "तुम यहाँ सुरक्षित हो। तुम्हारे माता-पिता को सूचित करते हैं।"

शिकायत दर्ज कर दी गई थी। कैलाश और उसके साथी अब भी फरार थे उनका कोई सुराग नहीं मिला। कानून अपनी गति से चल रहा था, पर अभिषेक का मन कहीं और भटक रहा था। जो कुछ उसके साथ हुआ था, उसने उसके भीतर का विश्वास छीन लिया था। अब किसी चेहरे पर भरोसा करना उसे कठिन लगने लगा था। हर मुस्कान उसे संदेह लगती, हर अपनापन छल। वह बार-बार खुद से पूछता "मेरे साथ ही ऐसा क्यों हुआ?" उसके भीतर अपराधबोध था, शर्म थी, और एक ऐसा डर जो शब्दों में नहीं उतरता। उसी समय स्वामी चैतन्य दास ने उसके सिर पर हाथ रखा। बस इतना कहा "तू गलत नहीं है, बेटा। गलत रास्ता चुनना अपराध हो सकता है, पर किसी का विश्वास तोड़ देना उससे बड़ा अपराध है और उसमें तू दोषी नहीं।"

अभिषेक की आँखें भर आईं। अब तक उसने लोगों पर भरोसा किया था किसी ने उसे इस्तेमाल किया, किसी ने धोखा दिया, और किसी ने उसकी चुप्पी को उसकी कमजोरी समझ लिया। पर आज, जब उसने

माँ भवानी पर भरोसा किया, जब उसने भगवती का आश्रय लिया तो पहली बार उसे लगा कि वह गलत नहीं, बस भटका हुआ था। और भटके हुए को रास्ता डाँट से नहीं, दया से मिलता है।

जब अभिषेक के माता-पिता आश्रम आए, तो उनकी प्रतिक्रिया अभिषेक के लिए एक और झटका थी।

पिता बोले, "चलो, कम से कम कहीं तो रहेगा। यहाँ मंदिर में रहकर कुछ तो करेगा।"

माँ ने आँखें नीची करते हुए कहा, "चलना है तो चलो, नहीं तो हमारे पास मुँह मत दिखाना।"

उस पल अभिषेक ने निर्णय लिया। उसने माता-पिता की ओर देखा और कहा, “मैं यहीं रहूँगा। मेरा जीवन मुझ पर छोड़ दीजिए।”

उसका यह निर्णय एक प्रबोधन था। उसने समझ लिया था कि इस संसार में कोई अपना नहीं होता न माता-पिता, न भाई, न मित्र। केवल एक ईश्वर ही है जो निस्वार्थ भाव से सभी की रक्षा करता है। आश्रम में उसे पढ़ाई की सुविधा मिली, भोजन मिला, और सबसे बड़ी बात शांति मिली।

अभिषेक ने माँ भवानी की आराधना शुरू की। वह जानता था कि अब उसका जीवन केवल सेवा और साधना के लिए है। गलत रास्ते को त्यागकर, उसने सही मार्ग चुन लिया था। भले ही उस मार्ग पर वह अकेला ही क्यों न चलना पड़े।

6: देवी गीता का उपदेश

प्रातः कालीन संध्या का सुनहरी प्रकाश आश्रम के प्रांगण में लहरा रहा था। अभिषेक मंदिर के चबूतरे पर बैठा, आँखें बंद किए, मन में उठते विचारों को शांत करने का प्रयास कर रहा था। पिछले कुछ दिनों में ही उसके जीवन में ऐसी उथल-पुथल मची थी कि उसे स्वयं पर विश्वास नहीं हो रहा था।

स्वामी चैतन्य दास धीरे कदमों से आए और पास बैठ गए। "अभिषेक, तुम्हारे मन में जो उथल-पुथल है, उसे शांत करने का समय आ गया है।"

अभिषेक ने आँखें खोलीं। "स्वामी जी, मैं समझ नहीं पा रहा हूँ।"

"जीवन की सबसे बड़ी सीखें एक पल में आ जाती हैं," स्वामी जी ने मुस्कुराते हुए कहा। "तुम्हारा परिचय करवाना चाहता हूँ काव्या से।"

तभी, मंदिर के गर्भगृह से एक कन्या बाहर आई। वह कोई नई साधिका नहीं थी। वह तो इस आश्रम की ही थी, बस अभी तक अभिषेक की नज़रों से ओझल रही थी। काव्या। बचपन से ही स्वामी

चैतन्य दास के संरक्षण में यहीं पली-बढ़ी थी। एक त्यागे गए शिशु के रूप में मंदिर के सीढ़ियों पर पाई गई थी। पर मुख पर तेज स्वयं देवी की तरह था।

"प्रणाम," काव्या ने मधुर स्वर में कहा, हाथ जोड़े।

अभिषेक ने उत्तर में सिर झुकाया। काव्या के चेहरे पर एक असामान्य प्रकाश था। न तो साधारण था, न ही अलौकिक। गंभीरता और गहराई से भरा हुआ।

“काव्या तुम्हें देवी गीता समझाएगी।” स्वामी जी बोले। “एक ही दिन में तुम्हारे सारे प्रश्नों के उत्तर मिल जाएँगे।”

अभिषेक हाथ जोड़कर कहता है "स्वामी जी, देवी गीत क्या है।"

स्वामी जी काव्य को इशारा करते हैं। काव्या उनकी सहमति पाकर अपने श्री मुख से कहती है “जब माता सती ने अपना देह त्याग दिया तब शिव ध्यान मग्न हो गए क्योंकि शक्ति बिना तो शिव भी शव है। इसी कारण वर्ष धरती का संतुलन बिगड़ गया सभी देवताओं सहित मुनियों ने आदिशक्ति का स्मरण किया और अवतार लेने की विनती की भक्त वत्सला भवानी ने उनकी प्रार्थना को स्वीकार किया और पर्वत राज हिमालय के घर गौरी रूप में अवतरित होने का वरदान

दिया। तब पर्वत राज हिमालय ने माता आद्या शक्ति से उनका साक्षात्कार करने की इच्छा प्रकट की ताकि वह एक योग्य पिता बन सके। तब माता ने अपना विकराल स्वरूप दिखाए जिसमें वह पूरे विश्व को अपने हृदय में समेटे हुए थी। इस रूप को देखकर हिमालय भयभीत हो गए और कर जोड़कर खड़े हो गए। माता ने अपने सभी रहस्य पर्वत राज हिमालय को बताएं यही देवी गीत है और मनुष्य के जीवन में एक आदर्श व्यक्ति बनने की सीढ़ी भी।"

अभिषेक हाथ जोड़कर अभिवादन करता है।

"चलो अब पुस्तकालय में जाओ।" स्वामी जी ने हर्ष से भरकर कहा "काव्य तुम्हारी सहायता करेगी।"

मंदिर के पुस्तकालय में, काव्या और अभिषेक आमने-सामने बैठे। हवा में चंदन की सुगंध तैर रही थी।

"सुनो, अभिषेक," काव्या ने शुरू किया, उसकी आवाज़ में एक माँ जैसा स्नेह था। "तुम्हारे मन में जो कांटे चुभ रहे हैं। क्रोध, पीड़ा, धोखे का एहसास सब 'मैं' के भाव से पैदा होते हैं।"

अभिषेक ने गहरी सांस ली। "पर यह 'मैं' है क्या? अहंकार?"

काव्या ने मुस्कुराकर कहा, “देवी मांँ कहती है समस्त सृष्टि आदिशक्ति से प्रकट हुई। ब्रह्मा, विष्णु, महेश ये त्रिदेव स्वयंभू नहीं। वे देवी की शक्ति के अंश मात्र हैं। और सभी जीव भी उन्हीं के अंश है”

"तो फिर यह भेदभाव क्यों?" अभिषेक का सवाल तीखा था। "मेरे और उन लोगों के बीच जिन्होंने मुझे धोखा दिया?"

"यही तो माया है," काव्या ने स्पष्ट किया। "देवी स्वयं कहती हैं 'मैं ही माया हूँ, मैं ही उससे परे हूँ।' माया कोई भ्रम नहीं, देवी की लीला है। सिनेमा के पर्दे की तरह। तुम जानते हो कि यह कहानी मात्र है, पर उससे जुड़ जाते हो।"

अभिषेक की भौंहें तन गईं। "तो क्या यह सब मेरा दर्द, मेरा संघर्ष सब झूठ है?"

"नहीं," काव्या ने दृढ़ता से कहा। "माया नकली नहीं है। वह इतनी सुंदर, इतनी सच्ची लगती है कि हम भूल जाते हैं कि पर्दे के पीछे कोई और है। यह पर्दा ही देवी की शक्ति है 'महामाया'। तुम्हारा दर्द सच्चा था, तुम्हारा संघर्ष सच्चा था। पर उसने तुम्हें इस सत्य तक पहुँचाया।"

दोपहर बीत रही थी। काव्या ने त्रिदेवियों का रहस्य समझाया

"सरस्वती, लक्ष्मी, पार्वती ये केवल देवियाँ नहीं, ऊर्जा के तीन रूप हैं।"

उसने अपनी उँगलियों पर गिनाना शुरू किया,

"माहा सरस्वती: ब्रह्मा की शक्ति। ज्ञान, वाणी और विवेक की स्वामिनी। बिना इसके ब्रह्मा अंधा सृजनकर्ता है।

माहा लक्ष्मी: विष्णु की शक्ति। धर्म, संतुलन और संरक्षण की स्वामिनी। बिना इसके विष्णु पालन नहीं कर सकते।

माहा काली: शिव की शक्ति। समय, परिवर्तन और काल की स्वामिनी। बिना इसके शिव शव हैं।"

अभिषेक का माथा ठनका। "शास्त्र में तो कहा गया है।"

"हाँ," काव्या ने उसकी बात काटी। "'शक्ति से युक्त शिव ही सक्षम होते हैं। यह सब देवी का ही विस्तार है।"

अभिषेक ने सहज ही पूछा, "तो मेरे भीतर जो इच्छाएँ हैं। घर वापस जाने की, प्रेम पाने की, स्वीकार्यता पाने की, वह क्या है?"

"इच्छा शक्ति देवी की सृजनात्मक तरंग है।" काव्या ने समझाया। "समस्या इच्छा में नहीं, इच्छा पर अहंकार में है। जब 'मैं चाहता हूँ'

का भाव जुड़ जाता है, तो इच्छा 'काम' बन जाती है। लोभ, क्रोध, मोह। वही काम जिसने तुम्हें कैलाश यादव के चंगुल में फँसाया।"

अभिषेक सिहर गया। नाम सुनते ही उसे वह रात याद आ गई।

"पर मैं कैसे छुटकारा पाऊँ?" उसकी आवाज़ काँप रही थी।

"छुटकारा नहीं, शुद्धिकरण," काव्या ने स्पष्ट किया। "जब इच्छा निष्काम होकर देवी की ओर मुड़ती है, तो वही भक्ति बन जाती है। ज्ञान पाने की इच्छा, सेवा की इच्छा यही शुद्ध काम है। तुम्हारी इच्छा अब शुद्ध हो चुकी है। तुम यहाँ हो ना?"

सायंकाल होने को था। काव्या ने अंतिम सबक सिखाया "देवी गीता में स्पष्ट है देवी की इच्छा से आकाश उत्पन्न हुआ। आकाश से वायु, वायु से अग्नि, अग्नि से जल, और जल से पृथ्वी। ये पंचतत्त्व देवी से अलग नहीं, उनका ही विस्तार हैं।"

अभिषेक ने अपने हाथों को देखा। "तो यह शरीर भी।"

"हाँ, यह शरीर भी पंचतत्त्वों से बना है, और पंचतत्त्व देवी हैं," काव्या ने उसकी आँखों में देखते हुए कहा। "इसलिए शरीर को तुच्छ मत समझो। यह देवी का मंदिर है। उन्हीं का विस्तार है।"

"पर इन्द्रियाँ?" अभिषेक ने पूछा। "वे तो मुझे बार-बार धोखा देती हैं।"

"इन्द्रियाँ देवी की चेतना के उपकरण हैं," काव्या ने धीरे से कहा। "नेत्रों से जो देखता है, वह देवी हैं। कानों से जो सुनता है, वह देवी हैं। मन जो सोचता है, वह भी देवी हैं। समस्या इन्द्रियों में नहीं, उन्हें 'मेरी' समझने में है।"

अभिषेक के मन के सारे प्रश्न, एक के बाद एक, हल होते गए।

अभिषेक: मेरे साथ इतना अन्याय क्यों हुआ?

काव्या: अन्याय नहीं, परीक्षा थी। माया की लीला थी तुम्हें असली शरण की ओर ले जाने के लिए।

अभिषेक: मैं अपने माता-पिता और भाई के प्रति क्रोध कैसे छोड़ूँ?

काव्या: उन्हें देवी का रूप समझो। वे तुम्हारी कर्म-यात्रा के सहयात्री हैं। उनके बिना तुम यहाँ तक नहीं पहुँचते।

अभिषेक: मैं अतीत के पापों से कैसे मुक्त होऊँ?

काव्या: देवी कहती हैं 'मैं ही पाप हूँ, मैं ही पुण्य हूँ।' जब तुम उनकी शरण में हो, तुम्हारा अतीत धुल गया। अब केवल वर्तमान है।

अभिषेक: भविष्य में मैं क्या करूँ?

काव्या: देवी की इच्छा को अपनी इच्छा बना लो। सेवा, साधना, ज्ञान यही तुम्हारा मार्ग है।

संध्या हो चुकी थी। मंदिर में दीपक जल उठे थे। काव्या और अभिषेक बरामदे में खड़े थे। आकाश में पहला तारा टिमटिमा रहा था।

काव्या ने मुस्कुराते हुए कहा, "तुम्हारे सारे प्रश्नों के उत्तर मिल गए ना? एक ही दिन में।"

अभिषेक की आँखों में एक नई चमक थी। "हाँ, काव्या। सब कुछ स्पष्ट हो गया। मैं अब वही नहीं रहा जो सुबह यहाँ आया था।"

"अच्छा," काव्या ने कहा, आँखें मंदिर के गर्भगृह की ओर करके। "अब संध्या हो चुकी है। चलो, आरती करते हैं। और कल से मैं तुम्हें आगे का मार्ग दिखाऊँगी, वह मार्ग जो तुम्हारे लिए उचित है।"

दोनों मंदिर की ओर मुड़े। घंटियों की आवाज़ गूँज उठी। अभिषेक के हृदय में पहली बार वह शांति थी जो उसे जीवन भर ढूँढ़ती रही थी। एक ही दिन में, एक ही संवाद में, उसकी दुनिया बदल गई थी। और अब, आरती के स्वरों के साथ, एक नया अध्याय शुरू होने को था।

7: तंत्र

मंदिर का आँगन प्रातःकालीन धूप में नहा रहा था। अभिषेक माँ भवानी की मूर्ति के समक्ष बैठा था, आँखें बंद किए, मन में एक नई शांति का अनुभव कर रहा था। कल का वह संवाद, काव्या के वे शब्द, उसके भीतर अभी भी गूँज रहे थे।

"प्रणाम, अभिषेक।" काव्या की मधुर आवाज़ ने उसकी ध्यानावस्था भंग की। वह सफ़ेद साड़ी में खड़ी थी, हाथ में एक पुरानी पोथी, चेहरे पर वही गंभीर मुस्कान।

"प्रणाम, काव्या जी।" अभिषेक ने उठकर प्रणाम किया।

"बैठो," काव्या ने कहा, स्वयं भी पास की चौकी पर बैठते हुए। "कैसा लग रहा है? कल के उपदेश के बाद?"

अभिषेक ने क्षण भर सोचा। "एक अजीब सा हल्कापन है। जैसे सालों से जो बोझ था, वह उतर गया हो। पर अब आगे क्या?"

काव्या की आँखों में चमक आ गई। "यही तो सही प्रश्न है। अब जब तुम्हारा मन शुद्ध हुआ है, हृदय प्रशांत हुआ है, तो अगला चरण है सही मार्ग पर चलना। और मैं तुम्हें माँ भवानी के मार्ग पर ले चलूँगी।"

"सुनो, अभिषेक," काव्या ने गंभीर स्वर में शुरुआत की। "तंत्र का मार्ग कोई जादू-टोना नहीं, कोई अँधी आस्था नहीं। यह एक विज्ञान है। आत्मा का विज्ञान।"

अभिषेक ने ध्यान से सुनना शुरू किया।

"पहली बात समझो शिव और तुममें क्या अंतर है?" काव्या ने प्रश्न किया।

"शिव ईश्वर हैं और मैं जीव।" अभिषेक ने कहा।

"नहीं, गहराई में जाओ," काव्या ने उसे रोका। "शिव ब्रह्मांड में जो करते हैं। सृजन, स्थिति, संहार, निग्रह, अनुग्रह वही पंचक्रिया तुम अपने भीतर करते हो। अंतर केवल स्तर का है।"

उसने समझाया "शिव की एक इच्छा से लोक बनते हैं, युग बदलते हैं। तुम्हारी एक इच्छा से विचार जन्म लेता है। शिव संहार करते हैं, प्रलय लाते हैं। तुम संहार करते हो, विचारों का लोप होता है। शिव अनुग्रह

करते हैं, मोक्ष देते हैं। तुम्हारे अनुग्रह से आत्मबोध उदित होता है और करुणा प्रवाहित होती है।”

अभिषेक की आँखें चौंधिया गईं। "मतलब मैं भी उन्हीं शक्तियों से बना हूँ?"

"बिल्कुल," काव्या ने कहा। "शक्ति सर्वज्ञ है। उसे कारण भी ज्ञात है, परिणाम भी। तुम अल्पज्ञ हो कर्म तो जानते हो, पर फल नहीं। इसलिए तुममें राग है, द्वेष है, भय है। शक्ति में ये नहीं हैं।"

दोपहर का समय था। दोनों मंदिर के पीछे बने छोटे से बगीचे में बैठे थे। काव्या ने आगे समझाया "अब सुनो सबसे गूढ़ बात तीन नाड़ियों का रहस्य। इड़ा, पिंगला, सुषुम्ना।"

अभिषेक ने सुना था इन नामों के बारे में, पर कभी समझा नहीं था।

"नाड़ी कोई रक्त नली नहीं है," काव्या ने स्पष्ट किया। "ये चेतना के प्रवाह के मार्ग हैं। इड़ा में चंद्र की शांति बहती है, जहाँ मन प्रवाहित होता है। पिंगला में सूर्य की उष्णता जागती है, जिससे क्रिया का उद्भव होता है। और सुषुम्ना जहाँ संतुलन से बोध प्रकट होता है, वही मुक्ति का पथ है।"

"और चक्र?" अभिषेक ने पूछा।

"चक्र वस्तु नहीं, प्रक्रिया हैं।" काव्या ने कहा। "जहाँ ये तीनों नाड़ियाँ एक दूसरे को काटती हैं, वहीं चक्र बनता है। भय मूलाधार में जन्म लेता है। कामना स्वाधिष्ठान में। शक्ति मणिपूर में। प्रेम अनाहत में। वाणी विशुद्ध में। बोध आज्ञा में। और एकत्व सहस्रार में।"

अभिषेक ने अपने हृदय पर हाथ रखा। "तो यह अनाहत चक्र।"

"हाँ, जहाँ तुम्हारी पीड़ा थी, वहीं प्रेम का स्रोत है," काव्या ने मुस्कुराते हुए कहा। "तंत्र कहता है जहाँ समस्या है, वहीं समाधान है। जहाँ बंधन है, वहीं मुक्ति है।"

सायंकाल होने को था। काव्या ने अंतिम उपदेश दिया "अभिषेक, ज्ञान कहता है 'मैं ब्रह्म हूँ।' भक्ति कहती है 'वह मेरी स्वामिनी हैं।' कर्म कहता है 'इस माया-लोक में नियमों के साथ चलो और कर्तव्य का पालन करो।'"

वह रुकी, फिर गंभीर स्वर में बोली "पर माँ भवानी का मार्ग इन तीनों को अलग नहीं करता। ज्ञान से बोध, भक्ति से समर्पण, और कर्म से जीवन इन तीनों के मिश्रण से ही शक्ति का साक्षात्कार होता है।"

अभिषेक की आँखों में प्रश्न था। "पर मैं कैसे शुरुआत करूँ?"

"तुम्हारा जीवन तुम्हारी सबसे बड़ी साधना है," काव्या ने दृढ़ता से कहा। "तुम्हें तीन काम करने होंगे। पहला पढ़ाई। तुम्हें अपना कॉलेज दोबारा ज्वाइन करना होगा। शिक्षा भी एक साधना है। दूसरा भक्ति और ध्यान। नियमित रूप से। तीसरा ज्ञानार्जन।"

"पर समय कहाँ मिलेगा?" अभिषेक ने व्यावहारिक प्रश्न किया।

"समय नहीं मिलता, समय बनाना पड़ता है," काव्या ने कहा। "प्रातः चार बजे उठोगे आंतरिक सरूप 'मांँ भवानी' का ध्यान करन। फिर पढ़ाई। दोपहर में सेवा। सायं स्वाध्याय। रात्रि में भजन। संतुलन बनाकर चलना होगा।"

उसने आगे कहा, "और याद रखो जो शिव शक्ति ब्रह्मांड में हैं, वही शक्ति तुम्हारे भीतर सोई है। जागरण ही साधना है। तुम्हें अपने भीतर की शक्ति को जगाना है।"

एक सप्ताह बाद, अभिषेक ने कॉलेज दोबारा ज्वाइन किया। स्वामी चैतन्य दास ने प्रधानाचार्य से बात की थी, और उसकी पिछली गलतियों को देखते हुए भी, उसे एक मौका दिया गया।

अभिषेक की दिनचर्या बदल गई पहले कुछ दिन कठिन थे। नींद आती थी, मन भटकता था, पुरानी बातें याद आती थीं। पर काव्या हर कदम पर थी। मार्गदर्शन करती, प्रोत्साहित करती।

एक महीने बाद, अभिषेक में परिवर्तन स्पष्ट दिखने लगा। उसके चेहरे पर शांति स्थायी हो गई। आँखों में वह उदासी गायब थी, उसकी जगह एक गहरी चमक थी। कॉलेज में वह अब पीछे की बेंच पर नहीं बैठता था। आगे बैठता, प्रश्न पूछता, भाग लेता पर गंदी आदतों से दूरी बनाए रखता।

पर सबसे बड़ा परिवर्तन था उसके भीतर। वह जान गया था कि जीवन एक साधना है और हर पल, हर कर्म, हर विचार इस साधना का हिस्सा है।

एक शाम, काव्या ने उससे पूछा, "अब कैसा लगता है?"

अभिषेक मुस्कुराया। "पहली बार लग रहा है कि मैं सही मार्ग पर हूँ। पढ़ाई भी कर रहा हूँ, साधना भी, और सेवा भी। तीनों का संतुलन हैं।"

"यही तो तंत्र का मार्ग है," काव्या ने कहा। "भोग में त्याग, और त्याग में भोग। संसार में रहकर भी परमात्मा से जुड़े रहना।"

अभिषेक ने माँ भवानी की मूर्ति की ओर देखा। उसे लगा जैसे माँ मुस्कुरा रही हैं।

आज वह समझ चुका था 'जीवन कोई द्वंद्व नहीं है। न संन्यास बनाम गृहस्थ, न भक्ति बनाम ज्ञान, न कर्म बनाम साधना। सब एक ही सिक्के के दो पहलू हैं। और मैं अब उस मार्ग पर चल पड़ा हूँ जहाँ हर पग माँ के चरणों में है।'

रात की आरती के स्वर गूँज उठे। अभिषेक ने पूरे मन से आरती में स्वर मिलाया। वह जान गया था। यह कोई अंत नहीं, एक नई शुरुआत थी। और इस बार, वह अकेला नहीं था। माँ की कृपा थी, गुरु का मार्गदर्शन था, और अपने भीतर जगी हुई शक्ति का विश्वास था।

जीवन अब एक साधना थी और वह एक साधक।

8: छाया में छिपे सच

लोहिया अस्पताल की लंबी गलियारों में दिनभर की हलचल थी। नर्सों की जल्दी-जल्दी चलती एड़ियों की आवाज़ और मरीज़ों के रिश्तेदारों की बेचैन आवाज़ें उस स्थान को और गंभीर बना रहे थे। डॉक्टर अनिरुद्ध शर्मा, हृदय विज्ञान विभाग के एक होनहार सीनियर रेजिडेंट के रूप में, अपने क्षेत्र में खासे लोकप्रिय थे।

वही अस्पताल, दूसरी मंजिल पर, त्वचा विज्ञान विभाग में डॉक्टर तान्या शर्मा अपने मरीज़ों को देख रही थीं। उनका विवाहित जीवन बाहरी दुनिया को आदर्श लगता था दोनों डॉक्टर और एक दूसरे का समर्थन भी करते। पर हर आदर्श की छाया में कोई न कोई सच छिपा होता है।

सबसे पहले आवाज़ उठी तान्या की सबसे अच्छी दोस्त डॉक्टर प्रिया से। वह अस्थि विज्ञान में थी, और एक दिन दोपहर के समय जब वह कैफेटेरिया से लौट रही थी, उसने अनिरुद्ध को अपने केबिन से बाहर आते देखा। उसके साथ एक युवा लड़की थी। लगभग पच्चीस-छब्बीस वर्ष की, फैशनेबल कपड़े पहने, चेहरे पर एक अजीब सी मुस्कान।

प्रिया ने सोचा, कोई मरीज़ या मरीज़ की रिश्तेदार होगी। पर जब उसने उसी लड़की को अगले हफ्ते फिर अनिरुद्ध के केबिन से निकलते देखा, और फिर अगले हफ्ते भी, तो उसके मन में शक ने जन्म लिया।

एक शाम, जब दोनों दोस्त तान्या के घर चाय पी रही थीं, प्रिया ने हिम्मत जुटाई।

"तान्या एक बात कहनी है।"

"हाँ बोलो," तान्या ने मुस्कुराते हुए कहा, हाथ में चाय का प्याला लिए।

"तुम्हारे अनिरुद्ध के बारे में।" प्रिया ने झिझकते हुए कहा।

तान्या की मुस्कान थोड़ी फीकी पड़ गई। "क्या हुआ?"

"मैंने उन्हें कई बार उनके केबिन से एक लड़की के साथ निकलते देखा है।"

तान्या हँस पड़ी। "अरे यार प्रिया! तुम भी ना! अनिरुद्ध डॉक्टर है, मरीज़ आते-जाते रहते हैं।"

"पर यह लड़की बार-बार आ रही है," प्रिया ने ज़ोर दिया। "और वह जनरल मेडिसिन की मरीज़ लगती हैं। उसे कार्डियोलॉजी में क्या काम?"

तान्या का चेहरा गंभीर हो गया। "प्रिया, मैं जानती हूँ तुम मेरी भलाई चाहती हो। पर कृपया मेरे घर की शांति मत भंग करो। अनिरुद्ध ईमानदार है।"

प्रिया: "पर तान्या"

"बस!" तान्या की आवाज़ कड़ी हो गई। "मैं नहीं चाहती कि कोई मेरे पति के बारे में ऐसी बातें करे। अगर तुम सच्ची दोस्त हो, तो ऐसे संदेह मत पालो।"

प्रिया ने सिर झुका लिया। उसे लगा जैसे तान्या उसे अपना दुश्मन समझ रही है।

सच्चाई यह थी कि निशा वास्तव में अनिरुद्ध की मरीज़ थी । कम से कम शुरुआत में तो थी। वह सामान्य चिकित्सा विभाग में आई थी बुखार और थकान की शिकायत लेकर। जब उसका मामला हृदय विज्ञान विभाग को स्थानांतरित किया गया (संदिग्ध हृदय संबंधी लक्षणों के कारण), तो वह अनिरुद्ध के पास पहुँची।

पहली मुलाकात में ही अनिरुद्ध ने देखा कि निशा एक आकर्षक युवती थी। उसने अपना नंबर दिया "अगर कभी कोई समस्या हो, तो सीधे संपर्क करें।"

धीरे-धीरे, यह पेशेवर संबंध व्यक्तिगत होता चला गया। निशा छोटी-छोटी समस्याएँ लेकर आने लगी "डॉक्टर साहब, सिर दर्द हो रहा है," "डॉक्टर साहब, नींद नहीं आ रही।"

अनिरुद्ध जानता था कि यह गलत है। पर उसके अहंकार ने उसे समझाया "मैं सफल डॉक्टर हूँ, मुझे यह सब मिलना ही चाहिए।"

एक दिन, जब निशा फिर से उसके केबिन में आई, अनिरुद्ध ने दरवाज़ा बंद कर दिया।

"तुम्हें बार-बार आने की क्या ज़रूरत है?" उसने पूछा, आवाज़ में एक अजीब सी मिठास।

निशा मुस्कुराई। "आपकी दवा बहुत कारगर है, डॉक्टर साहब।"

वह दिन संबंधों की सीमा लाँघ गया। अनिरुद्ध ने खुद को यह कहकर सांत्वना दी कि तान्या व्यस्त रहती है, उसे समय नहीं दे पाती। पर सच्चाई यह थी कि उसका अपना चरित्र डगमगा रहा था।

तान्या को अभी भी कुछ शक नहीं था। वह त्वचा विज्ञान विभाग में अपने मरीज़ों के बीच व्यस्त थी। एक दिन जब वह लंच ब्रेक पर कैफेटेरिया जा रही थी, उसकी नज़र अनिरुद्ध पर पड़ी। वह अस्पताल के बगीचे में बैठा था, और उसके सामने वही लड़की थी जिसके बारे में प्रिया ने बताया था।

तान्या का दिल धड़क उठा। पर उसने खुद को संभाला। "नहीं, कुछ नहीं है। मरीज़ से बात कर रहा होगा।"

पर जब वह शाम को घर लौटी, तो उसने अनिरुद्ध से पूछा, "आज बगीचे में तुम्हारे साथ वह लड़की कौन थी?"

अनिरुद्ध ने बिना झिझके जवाब दिया, "ओह, वह निशा है। मेरी एक मरीज़। दिल की समस्या है। परेशान है, इसलिए थोड़ा समय देना पड़ता है।"

तान्या (गंभीर स्वर में): “पर वह बार-बार क्यों आती है?”

"मरीज़ है तान्या!" अनिरुद्ध की आवाज़ में झुंझलाहट थी। "तुम भी डॉक्टर हो, समझ सकती हो। कुछ मरीज़ों को अतिरिक्त देखभाल की ज़रूरत होती है।"

तान्या चुप हो गई। उसे लगा शायद वह गलत है। शायद प्रिया ने उसके मन में शक का बीज बो दिया है।

पर सच सामने आने में ज्यादा देर नहीं लगी।

कुछ हफ्तों बाद, अनिरुद्ध बीमार पड़ा। बुखार, थकान, वजन कम होना। पहले तो उसने इसे सामान्य वायरल बुखार समझा। पर जब लक्षण बिगड़े, तो उसने खुद ही टेस्ट करवाए।

एच. आई. वि पॉजिटिव।

उस रात, अनिरुद्ध अपने केबिन में बैठा रिपोर्ट को घूरता रहा। उसकी दुनिया उसके सामने ध्वस्त हो रही थी। उसे निशा की याद आई उसने कई बार उससे सावधान रहने को कहा था, पर अनिरुद्ध ने उसे नज़र अंदाज़ कर दिया था।

उसने निशा को फोन किया। नंबर स्विच ऑफ था। अस्पताल के रिकॉर्ड चेक किए निशा ने दो हफ्ते पहले ही अपना इलाज बंद करवा लिया था। और उसके पुराने रिकॉर्ड में एक चौंकाने वाला तथ्य था। वह पहले से ही एच. आई. वि पॉजिटिव थी।

अनिरुद्ध को समझ में आया, उसे जानबूझकर फँसाया गया था। पर अब पछताने से क्या फायदा?

जब तान्या को पता चला, तो वह टूट गई। उसका विश्वास, उसका प्रेम, उसका सम्मान सब एक पल में चकनाचूर हो गया।

“तुमने मेरा विश्वास तोड़ा।” तान्या की आवाज़ में दर्द था। “क्या कमी थी मेरे प्यार?”

अनिरुद्ध सिर झुकाए बैठा था। उसके पास कोई जवाब नहीं था।

"प्रिया ने मुझे चेताया था," तान्या ने आँसू पोंछते हुए कहा। "पर मैंने उस पर विश्वास नहीं किया। मैंने तुम पर विश्वास किया। और तुमने साबित कर दिया कि मेरा विश्वास मूर्खता थी।"

अगले कुछ दिनों में, तान्या ने फैसला किया कि वह इस रिश्ते में नहीं रह सकती। जाते समय, उसने कहा: "अनिरुद्ध, तुम्हारा पतन तुम्हारे अपने हाथों हुआ है। तुम्हारा अहंकार और तुम्हारी लापरवाही तुम्हें ले डूबी। मैं तुम्हारे साथ नहीं रह सकती। न सिर्फ़ इसलिए कि तुमने मुझे धोखा दिया, बल्कि इसलिए कि तुम्हारे साथ रहकर मैं खुद का सम्मान नहीं कर पाऊँगी।"

अनिरुद्ध ने कुछ नहीं कहा। उसकी आँखों में केवल खालीपन था। एक ऐसा खालीपन जो शायद कभी नहीं भरेगा।

शर्मा परिवार में सन्नाटा छा गया। रमेश शर्मा का सिर शर्म से झुक गया। सुनीता शर्मा रोते-रोते कह रही थीं, "मेरा अनिरुद्ध। मेरा लाडला।"

पर अब आँसू किस काम के? कर्म का फल भुगतना ही पड़ता है। बुरी चीजें बुरी ही होती हैं। और वे व्यक्ति को सदा गिराती हैं।

उस रात, अनिरुद्ध ने अपनी खिड़की से बाहर देखा। सामने मंदिर की ओर दीपक जल रहे थे। उसे अभिषेक की याद आई। वह भाई जिसे उसने हमेशा कमतर समझा था, आज उससे कहीं ऊँचे स्थान पर था।

उसने मन ही मन कहा, "शायद अभिषेक सही था। शायद सादगी में ही सच्ची शांति है।"

पर यह पश्चाताप बहुत देर से आया था। कर्म का चक्र निरंतर घूम रहा था, और हर क्रिया का प्रतिक्रिया मिलनी निश्चित थी। अनिरुद्ध ने आज इस सत्य को अपनी त्वचा पर, अपनी आत्मा पर महसूस किया था।

9 : पथ पर अडिग

समय किसी की प्रतीक्षा नहीं करता। वह निरंतर प्रवाहित होता रहता है, और जो उसके साथ बहने का साहस रखते हैं, वे ही आगे बढ़ पाते हैं। अभिषेक ने बहना सीख लिया था।

कॉलेज के वे अंतिम वर्ष बीते तो जैसे पलक झपकते ही। अभिषेक का प्रतिदिन एक समर्पित साधक जैसा हो गया था। डिग्री का वह कागज जब उसके हाथ में आया, तो उसे कोई विशेष उत्साह नहीं हुआ। वह जानता था कि असली उपलब्धि तो उस अनुशासन में थी जो उसने अर्जित किया था।

"बधाई हो, अभिषेक!" स्वामी चैतन्य दास ने उसके सिर पर आशीर्वाद का हाथ रखा।

काव्या दूर खड़ी मुस्कुरा रही थी। "अब आगे का मार्ग?"

“यू.पी.एस.सी” अभिषेक ने दृढ़ता से कहा। "मैं सेवा करना चाहता हूँ।"

अगले दो वर्ष साधना के समान थे। प्रातःकाल 3:30 बजे उठना, 4 से 6 बजे तक ध्यान और अध्ययन, फिर पूरा दिन कोचिंग और स्वाध्याय में। रात 10 बजे तक पुस्तकें, और फिर विश्राम।

काव्या अब केवल मार्गदर्शिका नहीं रही थी। वह उसकी सहयात्री बन गई थी। जब वह थक जाता, तो वह चुपचाप एक कप चाय ले आती। जब उसका मन अशांत होता, तो वह देवी गीता का कोई श्लोक सुनाती जो उसकी समस्याओं को हर लेता।

एक शाम, जब अभिषेक एक कठिन टॉपिक से जूझ रहा था, वह हताश होकर बोला, "शायद मैं यह नहीं कर पाऊँगा।"

काव्या ने उसकी निराशा को सुना। वह धीरे से उसके सामने बैठी और कहा "अभिषेक, याद है तुमने मुझसे पूछा था। मैं कैसे शुरुआत करूँ? देखो, तुमने शुरुआत कर दी है। और अब रुकना नहीं है।"

अभिषेक: "पर इतना कठिन है।"

"जीवन कठिन होता है," काव्या ने मृदु स्वर में कहा। "पर तुम अकेले नहीं हो। माँ तुम्हारे साथ हैं। और मैं भी।"

उस दिन, अभिषेक ने काव्या की आँखों में देखा वहाँ एक ऐसा विश्वास था जो उसे स्वयं के विश्वास से भी अधिक मजबूत लगा।

परीक्षा के दिन निकट आए। अभिषेक ने परीक्षा केंद्र में प्रवेश किया तो उसके मन में शांति थी। वह जानता था कि उसने अपनी ओर से पूरी तैयारी की है। शेष माँ की इच्छा है।

मुख्य परीक्षा, साक्षात्कार सब कुछ बीत गया। और फिर वह दिन आया जब परिणाम घोषित हुआ।

स्वामी चैतन्य दास का फोन बजा। फोन पर आवाज थी, "अभिषेक शर्मा -आई.आर.एस.। ऑल इंडिया रैंक 347।"

आश्रम में एक सुखद हलचल मच गई। सभी ने उसे बधाई दी। पर अभिषेक शांत था। वह सीधा मंदिर गया और माँ भवानी के चरणों में सिर रखकर बैठ गया।

काव्या ने दूर से यह दृश्य देखा। उसकी आँखों में आँसू नहीं थे। एक गहरा संतोष था। वह जानती थी कि यह उपलब्धि केवल एक पद नहीं थी, बल्कि एक प्रमाण थी। उसके संघर्ष का, उसके विश्वास का और उसके परिवर्तन का।

प्रशिक्षण के लिए जाने से एक दिन पहले, अभिषेक और काव्या मंदिर के बगीचे में बैठे थे। शाम का सुनहरा प्रकाश पेड़ों की पत्तियों से छनकर आ रहा था।

"कल चला जाऊँगा," अभिषेक ने कहा।

"जाना तो है ही।" काव्या ने मुस्कुराते हुए कहा, पर उसकी मुस्कान में एक कसक थी।

"फरीदाबाद नेशनल एकेडमी ऑफ कस्टम्स, इनडायरेक्ट टैक्सेज एंड नारकोटिक्स।" अभिषेक ने नाम दोहराया। "लगता है सपना सच हो रहा है।"

"सपना नहीं, तुम्हारी साधना का फल है," काव्या ने सही कहा।

एक क्षण के लिए दोनों चुप रहे। हवा में चमेली की खुशबू तैर रही थी।

"काव्या" अभिषेक ने हिचकिचाते हुए कहा।

काव्या: "हाँ?"

अभिषेक: "तुम्हारे बिना मैं यहाँ तक नहीं पहुँच पाता।"

काव्या ने उसकी ओर देखा। उसकी आँखों में एक अजीब सी चमक थी। "तुम्हारी साधना में मैं केवल एक साधन थी। असली शक्ति तो तुम्हारे भीतर ही थी।"

पर दोनों जानते थे कि यह सच नहीं था। काव्या न केवल मार्गदर्शिका थी। वह उसकी प्रेरणा थी, उसकी शक्ति थी। और धीरे-धीरे, अनजाने में, वह उसके हृदय की धड़कन बन गई थी।

"मैं तुम्हें बहुत याद करूँगा।" अभिषेक ने कहा, आँखें नीची किए।

काव्या का हृदय एक पल के लिए धड़कना भूल गया। "मैं भी तुम्हें याद करूँगी। पर याद रखना हम अलग नहीं हैं। हम दोनों माँ की सेवा में हैं। यही सोचना।"

जब अभिषेक सुबह आश्रम से निकला, तो काव्या दरवाज़े पर खड़ी थी। उसके हाथ में एक छोटा सा कलश था, जिसमें माँ भवानी का प्रसाद था।

"ले जाओ," उसने कहा, आवाज़ थोड़ी काँप रही थी। "और यह भी" उसने एक छोटी सी पोथी दी देवी गीता की।

अभिषेक ने पोथी ली। उसके हाथ काव्या के हाथों को छू गए। एक क्षण के लिए, समय ठहर सा गया।

"धन्यवाद," अभिषेक ने कहा, आँखों में असंख्य भावनाएँ समेटे।

"जाओ।" काव्या ने कहा, मुस्कुराने की कोशिश करते हुए। "तुम्हें देर हो रही है।"

अभिषेक ने एक बार पीछे मुड़कर देखा। काव्या वहीं खड़ी थी, सफेद साड़ी में, हाथ जोड़े। उसने प्रणाम किया, और फिर मुड़कर चल पड़ा।

काव्या तब तक वहीं खड़ी रही जब तक वह दूर नहीं हो गया। फिर वह धीरे से मंदिर में गई, और माँ भवानी के सामने बैठकर रो पड़ी। यह विरह नहीं था। यह एक अजीब सी खालीपन थी जिसे वह समझ नहीं पा रही थी।

फरीदाबाद की अकादमी में, अभिषेक का जीवन एक नई गति से चलने लगा। प्रशिक्षण कठोर था। शारीरिक, मानसिक, बौद्धिक तीनों प्रकार से। पर वह हर चुनौती का सामना करता।

रातों में, जब वह अकेला होता, तो उसे आश्रम की याद आती। काव्या की मधुर आवाज़ रह-रहकर उसके कानों में, फिर हृदय तक गूंज जाती थी।

एक रात, उसने डायरी खोली और लिखा:

"आज फिर वह याद आई,

उसकी आवाज़ में जो शांति थी,

उसकी आँखों में जो विश्वास था।

शायद यह केवल सम्मान नहीं है,

शायद यह कुछ और है।

पर अभी नहीं सोचूँगा।

अभी तो केवल अपने धर्म पर ध्यान दूँगा।"

वहीं दूर, आश्रम में, काव्या भी उसे याद कर रही थी। वह जानती थी कि उसका हृदय किस ओर झुक रहा है, पर वह स्वीकार नहीं कर पा रही थी। उसने भी अपनी डायरी में लिखा:

"वह चला गया,

पर उसकी उपस्थिति अभी भी यहाँ है।

शायद प्रेम ऐसा ही होता है,

बिना माँगे आ जाता है,

बिना बताए बस जाता है।

पर अभी नहीं।

अभी तो केवल प्रार्थना करूँगी,

कि वह सफल हो,

वह खुश रहे।"

दोनों के मन में उथल-पुथल थी, पर दोनों जानते थे कि अभी यह स्वीकार करने का समय नहीं था। अभिषेक को अपने कर्तव्य पथ पर आगे बढ़ना था, और काव्या को अपनी साधना जारी रखनी थी।

पर प्रेम की यह कली, अनजाने में खिली थी, और अब धीरे-धीरे विकसित हो रही थी। समय बताएगा कि यह कब पूर्ण रूप से प्रकट होगी।

10: सम्पूर्णता

प्रातःकाल का पहला प्रकाश अभी आकाश में फैलना शुरू ही हुआ था कि काव्या मंदिर के गर्भगृह में प्रविष्ट हुई। वहाँ केवल एक दीपक जल रहा था, जिसकी लौ माँ अम्बा के श्यामवर्णी स्वरूप पर नाच रही थी। काव्या ने आँखें बंद कीं, हाथ जोड़े, और हृदय की गहराइयों से प्रार्थना करने लगी।

"हे भगवती अम्बे!

हे जगदम्बे! हे भवानी!

आपकी जय हो।

आप वरदान देने वाली,

पापों का नाश करने वाली

और भक्तों को शुभ फलों से आलोकित करने वाली हैं।

शुम्भ–निशुम्भ जैसे अहंकारी असुरों का संहार करने वाली,

अन्धकासुर के मद को चूर्ण करने वाली,

हे अम्बे! आपको कोटि-कोटि प्रणाम है।

सूर्य और चंद्रमा आपकी दो नेत्रों के समान हैं,

अग्नि आपके मुख की दिव्य आभा है,

जिससे समस्त ब्रह्माण्ड प्रकाशित होता है।

आप भैरव-स्वरूप शिव में

शक्ति बनकर वास करती हैं।

महिषासुर-मर्दिनी, त्रिशूलधारिणी,

संपूर्ण जगत के पापों को हरने वाली हैं।

हे अम्बा! आप केवल मंदिरों में नहीं,

आप तो प्रत्येक भक्त के हृदय में निवास करती हैं।

मेरी मनोरथ आप जानती हैं,

मेरे प्रेम को पवित्र कीजिए,

मेरे मार्ग को प्रकाशित कीजिए।

यदि यही आपकी इच्छा है,

तो मेरी कामना पूर्ण कीजिए।

और यदि नहीं,

तो मुझे पूर्ण समर्पण का बल दीजिए,

क्योंकि आपकी इच्छा ही मेरी अंतिम इच्छा है।"

काव्या की आँखों से आँसू की दो बूँदें गिरीं और माँ के चरणों में समा गईं। वह जानती थी कि उसका हृदय किस ओर खिंच रहा है, और वह इस खिंचाव को देवी के चरणों में समर्पित कर रही थी।

उसी दोपहर, जब सूर्य अपने पूरे तेज के साथ चमक रहा था, एक टैक्सी आश्रम के गेट पर रुकी। अभिषेक उसमें से निकला। वह वर्दी में

था। सफेद शर्ट, काली पतलून, आँखों में एक नया आत्मविश्वास, पर हृदय में वही विनम्रता।

वह सीधा स्वामी चैतन्य दास के कक्ष में गया। स्वामी जी उसे देखकर मुस्कुराए। "आ गए बेटा! हम सबको तुम्हारी प्रतीक्षा थी।"

अभिषेक ने उनके चरण छुए। "गुरुदेव, आपके आशीर्वाद से। मेरी पोस्टिंग दिल्ली में हो गई है। आज से मैं नई दिल्ली में असिस्टेंट कमिश्नर के पद पर कार्यरत हूँ।"

"यह तो अत्यंत शुभ समाचार है!" स्वामी जी ने कहा। "पर तुम्हारा चेहरा कुछ और कह रहा है।"

अभिषेक ने मुस्कुराने की कोशिश की। "मैं काव्या से मिलना चाहता हूँ।"

स्वामी जी ने मुस्कुराते हुए कहा "वह मंदिर में है, जाओ।"

मंदिर में, काव्या फूल चढ़ा रही थी। अभिषेक के कदमों की आहट सुनकर वह मुड़ी। एक पल के लिए, दोनों की निगाहें मिलीं। समय ठहर सा गया।

"काव्या" अभिषेक ने कहा।

"तुम आ गए," काव्या ने कहा, उसकी आवाज़ में एक स्नेहिल कंपन था।

“हाँ। पोस्टिंग दिल्ली में मिल गई। मुझे तुमसे कुछ कहना है, बहुत जरूरी है।” अभिषेक ने गंभीरता से कहा

दोनों मंदिर के बरामदे में बैठे। सामने तुलसी का पौधा हिल रहा था, मानो प्रकृति स्वयं इस मिलन का साक्षी बन रही हो।

"काव्या।" अभिषेक ने गंभीर स्वर में शुरुआत की। "तुमने मुझे एक नया जीवन दिया। तुम्हारे मार्गदर्शन के बिना, मैं वह नहीं होता जो आज हूँ।"

"तुम स्वयं ने वह संकल्प लिया था," काव्या ने विनम्रता से कहा।

"पर अब मैं एक और संकल्प लेना चाहता हूँ," अभिषेक ने उसकी आँखों में देखते हुए कहा। "काव्या, क्या तुम मेरे साथ चलोगी? धर्म, अर्थ, काम और मोक्ष इन चारों पुरुषार्थों की साधना में? क्या तुम मेरे साथ इस जीवन-यात्रा पर चलोगी?"

काव्या की आँखें भर आईं। यह वह प्रश्न था जिसका उत्तर उसने देवी से माँगा था, और यहाँ उत्तर स्वयं उसके सामने था।

"हाँ, अभिषेक," उसने मधुर स्वर में कहा। "मैं तुम्हारे साथ चलूँगी। हर पग पर, हर मोड़ पर।"

स्वामी चैतन्य दास ने जब यह प्रस्ताव सुना, तो उनके चेहरे पर एक विशाल मुस्कान फैल गई। "यह तो माँ भवानी की इच्छा है! तुम दोनों का मिलन एक दिव्य संयोग है।"

विवाह की तैयारियाँ शुरू हुईं। जब यह समाचार शर्मा परिवार तक पहुँचा, तो रमेश और सुनीता शर्मा आश्रम आए। वर्षों बाद पहली बार वे अपने छोटे बेटे के सामने खड़े थे।

सुनीता की आँखें भर आईं। "बेटा, मुझे माफ़ कर देना। हमने तुझे नहीं समझा।"

अभिषेक ने मुस्कुराते हुए कहा, "माँ, सब माँ भवानी की लीला थी। अगर वे घटनाएँ नहीं होतीं, तो मैं यहाँ नहीं पहुँचता, काव्या से नहीं मिलता।"

रमेश शर्मा ने अभिषेक के कंधे पर हाथ रखा। "तुम सही मार्ग पर रहे, बेटा। हमें गर्व है।"

वे अनिरुद्‌ध के बारे में भी बात करना चाहते थे, पर अभिषेक ने कहा, "वह मेरा भाई है। उसने अपने कर्मों का फल भुगत लिया। हमें उसे क्षमा कर देना चाहिए।"

विवाह का दिन आया। मंदिर को फूलों और दीपकों से सजाया गया था। अभिषेक और काव्या माँ अम्बा के सामने खड़े थे, हाथ में हाथ डाले।

स्वामी चैतन्य दास ने विवाह के मंत्र पढ़े।

जब अभिषेक ने काव्या के गले में मंगलसूत्र पहनाया, तो मंदिर में भक्ति के गीत गूँज उठे। काव्या की आँखों में वही शांति थी जो अभिषेक ने पहली बार देखी थी, और अब उसमें एक नया प्रेम जुड़ गया था।

रमेश और सुनीता शर्मा दूर खड़े यह दृश्य देख रहे थे। उनकी आँखें नम थीं। उन्हें अब समझ आ गया था कि सफलता केवल डिग्री और नौकरी नहीं है। सफलता है आत्मिक शांति, चरित्र की दृढ़ता और परमात्मा में विश्वास।

इस कहानी का मूल अर्थ यही है कि कलयुग के इस अँगन में, जहाँ भौतिकता और अहंकार का बोलबाला है, वहाँ भी सत्य की विजय होती है।

माता-पिता को अपने बच्चों की तुलना नहीं करनी चाहिए। हर बच्चा एक अलग पौधा है, जिसे अलग प्रकार की मिट्टी, पानी और धूप की आवश्यकता होती है। अभिषेक और अनिरुद्ध। दो भाई, दो अलग मार्ग, दो अलग परिणाम।

माँ अम्बा हर चीज सही समय पर प्रदान करती हैं। समय का इंतज़ार करना, अपने कर्म में निष्ठा रखना, और भगवती पर भरोसा रखना। ये तीनों बातें व्यक्ति को सफल बनाती हैं।

अभिषेक ने सिखाया कि असली सफलता बाहरी उपलब्धियों में नहीं, आत्मिक विकास में है। उसने अपने कर्म से, अपनी साधना से, और अपने विश्वास से वह सब पाया जो उसके भाई ने अपनी सफलता के नशे में खो दिया।

काव्या ने सिखाया कि प्रेम केवल भावनाओं का आदान-प्रदान नहीं, दो आत्माओं का मिलन है। और जब यह मिलन दैवीय इच्छा से हो, तो वह जीवन को पूर्णता प्रदान करता है।

अंत में, यह कहानी हमें यही संदेश देती है।

सत्य की हमेशा विजय होती है। चाहे रास्ता कितना भी कठिन क्यों न हो, चाहे अँधेरा कितना भी गहरा क्यों न हो जो सत्य के पथ पर अडिग रहता है, माँ अम्बा उसका हाथ थाम लेती हैं।

और इस प्रकार, अभिषेक और काव्या का जीवन एक नए सफर पर आगे बढ़ा। एक ऐसा सफर, जहाँ हर पग माँ के चरणों में समर्पित था, हर साँस भक्ति से जुड़ी थी, और हर कर्म सेवा का रूप ले चुका था।

www.ingramcontent.com/pod-product-compliance
Lightning Source LLC
LaVergne TN
LVHW060304051026
849517LV00003B/952
9798232886547